Meurtre anglais
à Deauville

DANS LA MÊME SÉRIE
AUX ÉDITIONS DU ROCHER

Un crime chinois
La Double Mort de Thomas Stuart
Le Mort de la Tamise
Un meurtre chez les francs-maçons
Le Crime étrange de Greenwich
Sept Ladies pour un meurtre
Le Parfum d'un crime
Meurtre par superstition
Un crime trop parfait
Le Crime du corbeau
Un crime sans assassin
Le Meurtre étrange d'Emily Seymour
Meurtre chez les collectionneurs
La Septième Victime
Le Meurtre du chat
Le Cadavre disparu

MARY LONDON

MEURTRE ANGLAIS À DEAUVILLE

Une enquête de sir Malcolm Ivory

Traduit de l'anglais
par Jean-Paul Baudricourt

ÉDITIONS DU ROCHER

Titre original : *English Murder in Deauville.*

ISBN 2 268 05343 1

Chapitre 1

Les interminables soirées mondaines chez les Hamilton finissaient par fatiguer Mary Upton. Dans les premiers mois, la jeune fille s'était amusée à assister à ces sortes de parades où hôtes et invités rivalisaient d'élégance, les dames exhibant les dernières robes achetées chez quelque grand couturier, les hommes en habit tirant sur d'énormes cigares avec des airs de conquistadors. Se réunissait là tout ce que la colonie anglaise de la côte normande comptait de plus huppé, du banquier Sticker à l'artiste peintre Andrea Pendelton, en passant par le poète Apolonius Tycoon, et bien d'autres encore qui, aux yeux de Mary, brillaient surtout par leur fatuité.

Oh, elle avait sans doute tort de juger ainsi les relations de lord Terence. Ce dernier l'avait engagée comme secrétaire personnelle avec beaucoup de gentillesse alors qu'elle n'était, après tout, qu'une petite étudiante fraîchement sortie de l'École de commerce de Greenwich. Certes, elle avait été major de sa promotion, ce qui avait incité le directeur de l'établissement à la recommander à son ami Hamilton, mais Mary, d'un tempérament modeste, n'était pas encore revenue de la facilité avec laquelle elle était entrée au service de Sa Seigneurie.

Cette journée du 28 juin avait été chaude. En conduisant sa petite Austin achetée d'occasion à un garage de Trouville, elle goûtait au calme de la nuit. Dès qu'elle l'avait pu, elle avait quitté Victoria Manor et les flonflons de la réception. Cette fois, on avait fêté l'anniversaire du lord – soixante-quinze ans – dans un véritable surcroît de luxe ! Une centaine d'invités s'étaient empressés afin d'apporter leurs vœux au milliardaire. Il y avait eu des discours assortis de plaisanteries convenues, auxquelles on avait ri de manière feutrée. Un orchestre avait joué le *God Save the Queen* avant de faire danser les plus jeunes, tandis qu'un riche buffet arrosé de champagne avait satisfait la gourmandise de l'assemblée. Ensuite, de petits groupes s'étaient formés, papotant à propos du dernier match de polo à La Touques, de la prochaine course à l'hippodrome de Deauville-Clairefontaine, et de la venue des vedettes américaines invitées au festival. Bref, tout s'était déroulé selon l'usage, et cela jusqu'à minuit, heure traditionnelle à laquelle chacun avait pris congé.

N'étaient restés que les familiers. Mary les connaissait d'autant mieux que, comme elle, ils logeaient en permanence à Victoria Manor. Elle n'avait jamais très bien compris ce qui liait ces gens-là à lord Terence et à lady Karen, son épouse.

Leonard Sticker devait être un financier proche des affaires immobilières qui avaient participé à la fortune des Hamilton. C'était un sexagénaire plutôt pompeux, à la crinière blanche et au ventre à la Pickwick. Il considérait Mary d'un œil torve qui ne plaisait pas du tout à la jeune femme. Elle ne voyait en lui qu'un vieux vicieux attiré par sa jeunesse et avait le plus grand mal à ne pas lui signifier qu'il la dégoûtait.

Andrea Pendleton, en revanche, était plutôt sympathique, bien que Mary la tînt pour une illuminée. Elle se croyait médium et échafaudait des théories spécieuses sur les conjonctions d'astres et le passage des comètes, mais ce n'était qu'une innocente lubie. Elle se voulait aussi artiste peintre et n'avait de cesse de faire le portrait de tous ceux qu'elle côtoyait. Le résultat était rarement convaincant, mais Mary ne se prenait pas pour une experte en art contemporain et elle gardait ses jugements pour elle.

Quant à Apolonius Tycoon, qui était-il au juste ? Lord Terence semblait tenir ce quinquagénaire décrépi en haute estime. Il le laissait réciter des poèmes sans queue ni tête sur le ton ronflant d'un vieux comédien sur le retour, buvait plus que de raison et se vêtait comme un rapin du siècle dernier. Comment une amitié avait-elle pu germer entre ces deux êtres si dissemblables ? Et comment lady Karen pouvait-elle supporter la présence d'un si évident parasite ?

« Lord Terence est trop bon, pensa Mary en arrêtant sa voiture à la sortie de Villers-sur-Mer. Alors qu'il est fortuné et pourrait en imposer par ses nobles origines, il demeure aimable avec tous, traite sa domesticité sans aucune hauteur et semble même avoir pour Morgan, son majordome, une réelle amitié. »

Néanmoins, ce qui s'était passé après le départ des invités demeurait un événement bien singulier. La jeune fille y avait assisté sans bien comprendre ce qui s'était réellement passé et, une fois encore, lord Terence avait montré à cette occasion ses qualités de conciliateur.

Comment cela avait-il commencé ? Pour tenter de bien se souvenir des événements, Mary avait préféré arrêter l'Austin, baisser la vitre et se remémorer certains détails de la soirée tout en admirant la Manche que la pleine lune éclairait merveilleusement.

Peu de temps avant que la plupart des invités s'en aillent (il devait être 23 h 30), lady Karen et lord Terence s'étaient avancés vers le buffet où Mary servait les rafraîchissements et les alcools. Ils se disputaient à voix basse, mais des bribes de phrases laissaient entendre qu'un bijou très coûteux était en jeu. L'épouse voulait-elle que son mari lui en fasse l'achat ? C'était bien probable parce que, Mary l'avait remarqué, la lady était dépensière et adorait les vêtements et autres objets coûteux, finissant toujours par obtenir ce qu'elle voulait malgré les réticences du lord. Il est vrai qu'elle avait vingt ans de moins que son septuagénaire de mari et qu'elle était d'une beauté très remarquable. Quel homme aurait pu résister à un tel charme ? Blonde, longiligne, on eût pu la confondre avec une actrice ou un mannequin si elle n'avait ajouté un port de reine à sa sveltesse et à sa joliesse. Bien qu'elle n'eût jamais connu femme pareille, Mary ne l'enviait pourtant pas, car elle trouvait son tempérament trop volage, plutôt coléreux et certainement hypocrite. Trop de facilités finissent par gâter même les meilleurs, se disait-elle. Mais, au fond, d'où était issue lady Karen ? Peut-être était-elle une ancienne comédienne ? Sa façon d'être pouvait le laisser penser.

D'ailleurs, quelques instants plus tard, le couple Hamilton était revenu au centre du grand salon et, tendrement enlacés, ils s'étaient mis à danser comme deux jeunes amoureux, faisant naître un murmure d'admiration dans la salle. Mais, à ce moment-là, l'attention de Mary avait été brusquement distraite par Robert, le fils Hamilton, qui, se glissant derrière elle, avait tenté de l'embrasser dans le cou en l'entourant de ses bras pour la plaquer contre lui. Vivement, elle avait réussi à se dégager et, avant même d'avoir réfléchi, avait giflé le malotru. Pour qui se prenait-il, cet avorton ? Petit, malingre, malgré ses vingt-cinq ans, il avait beau jouer les durs, il n'était qu'un nabot boutonneux. Croyait-il avoir tous les droits ? Mary en était encore toute retournée. Certes, le jeune homme avait trop bu, mais un tel comportement était-il digne du fils d'un lord ? C'est ce qu'elle lui avait dit et il s'était mis à rire avant de hausser les épaules et de s'éloigner en marmonnant des paroles incompréhensibles.

Robert avait été un enfant gâté. Fils unique, il était devenu un adolescent plus porté vers les boîtes de nuit et les voitures de sport que vers les études. Sans doute pensait-il que la fortune familiale lui permettrait de vivre sans travailler jusqu'à la fin de ses jours. Le lord avait eu beau tenter de l'intéresser à ses affaires, il s'en souciait comme d'une guigne. Mary avait bien remarqué que, depuis son arrivée à Victoria Manor, elle avait tapé dans l'œil du jeune homme, mais il semblait que jusqu'à cette soirée, il n'avait pas trop osé l'approcher, se contentant de quelques sous-entendus que la jeune fille faisait semblant de ne pas comprendre. Dans son for intérieur, elle le jugeait comme un garçon sans consistance. D'ailleurs, à la suite de la gifle, il s'était éloigné, plutôt piteux.

Il n'y avait pas de quoi en faire un drame. C'était un peu plus tard encore, après le départ de tous les invités, que l'étrange incident avait eu lieu. Mary n'arrivait pas à bien saisir l'enchaînement des faits. Elle s'arracha à la contemplation de la mer, remit en marche son Austin et se dirigea vers Deauville.

Chapitre 2

*L*orsque Mary Upton avait appris que son employeur l'obligerait à vivre en France, elle en avait d'abord été fort inquiète. On raconte tant de choses sur les Français ! Et puis elle s'était dit que, sous l'aile de lord Hamilton, elle se trouverait à l'abri. Le célèbre homme d'affaires possédait dans les environs de Deauville un manoir de trente pièces entouré d'un parc somptueux qui descendait vers la mer. Depuis la fin de la guerre, il avait réalisé une belle part de sa fortune en investissant dans l'immobilier français, achetant, rénovant et revendant à une clientèle anglaise attirée par le charme du littoral. Où Mary trouverait-elle une chance comparable alors que la plupart des étudiants à la sortie de l'École de commerce se contentaient d'un secrétariat dans quelque grand magasin de Manchester ou de Liverpool ? Ici, au moins, elle participait à la grande vie d'une famille aristocratique, dans un coin du continent où tout était organisé pour le loisir et le luxe. Certes, elle n'était qu'une secrétaire. Lors des réceptions, elle tenait le bar à côté d'Archibald Morgan, le majordome. Mais on la respectait et, après les heures de travail, il lui était possible, comme cette nuit-là, de prendre sa petite voiture et d'aller se promener à sa guise le long de la Côte fleurie.

À cette heure-là, les rues de Deauville étaient désertes. Seuls quelques rares fêtards attardés erraient encore dans le centre ville. En dehors des week-ends où des hordes de Parisiens viennent prendre possession de la station, la ville coule une vie douce et agréable. Les plages sont alors vides, comme abandonnées, parasols repliés. Un profond silence permet d'entendre le va-et-vient des vagues au-delà des cabines fermées, des planches délaissées et du sable soigneusement ratissé.

Mary alla garer l'Austin devant *Chez Gustin*, le bar à la mode, fermé à cette heure. Elle connaissait l'endroit pour y avoir été invitée la semaine précédente par lady Karen, à l'issue d'un après-midi d'emplettes où la jeune fille avait surtout servi à porter les paquets. La fin juin avait été anormalement torride. Aussi, un rafraîchissement avait-il été le bienvenu.

Après avoir pris la serviette-éponge qui ne quittait jamais l'arrière de sa voiture et rangé soigneusement son portefeuille dans la boîte à gants, Mary ferma à clé la portière de sa voiture. Puis elle s'engagea dans la petite ruelle qui menait vers les planches. Les fameuses planches de Deauville ! De temps à autre, elle aimait y venir la nuit et s'y promener en solitaire. Tel était son caractère : non pas renfermé sur lui-même, mais plutôt romantique, préférant le retrait qui lui permettait de méditer plutôt que la foule qui lui faisait toujours un peu peur.

Tout en marchant, elle tenta de se rappeler les circonstances exactes de l'insolite événement qui avait suivi le départ des invités. Dans le grand salon, seuls étaient restés le couple Hamilton, le banquier Sticker, Andrea Pendleton, l'artiste peintre, et Apolonius Tycoon qui, pris de boisson comme d'habitude, déclamait des vers en gesticulant de façon ridicule.

Sans doute lassé, Sticker avait demandé à lord Terence de s'isoler avec lui dans son bureau. Il l'avait fait sur un ton plutôt désagréable, ce qui avait surpris Mary qui, à ce moment-là, commençait à porter les verres et les bouteilles vides du buffet aux cuisines, aidée par le brave Morgan.

Les deux hommes n'étaient pas restés très longtemps absents du salon. Un quart d'heure, peut-être. Dès leur retour, Andrea Pendleton avait pris la parole d'une manière solennelle pour annoncer qu'elle réservait une surprise à ses hôtes.

Puis, alors qu'intrigué tout un chacun se regroupait, elle sortit un tableau de derrière un canapé et l'installa sur un chevalet qui supportait d'ordinaire une scène d'intérieur de Hogarth.

– Bon anniversaire à mon très cher ami Terence ! s'écria-t-elle en ôtant d'un geste théâtral le tissu qui recouvrait sa toile.

On vit alors que le portrait était celui de lady Karen. Bien que l'œuvre ne fût pas d'une ressemblance très frappante, nul ne pouvait s'y tromper. Il s'agissait bien du buste de la maîtresse de maison peinte dans une robe du soir au décolleté rehaussé d'un merveilleux collier d'émeraudes que Mary ne lui avait pas encore vu porter.

Ce fut alors que les événements se précipitèrent. Lady Karen poussa un cri, puis, après un bref instant, se rua sur le mur où étaient exposées des armes de toutes natures, s'empara d'un petit poignard malais, revint vers le tableau qu'elle se prit à lacérer avec une rage telle que, malgré les protestations des uns et des autres, la toile ne fut bientôt plus qu'une lamentable ruine. Après quoi elle vint se jeter dans les bras de son mari, tandis qu'Andrea Pendleton était prise d'un rire nerveux si inattendu et, en quelque sorte, si dément, que Mary se demanda s'il n'allait pas falloir alerter un médecin.

Lord Terence conduisit doucement son épouse hors du salon. Quelques instants plus tard, il revint et, s'approchant de Andrea Pendleton, il lui présenta ses excuses, arguant que sa femme venait de subir une soirée harassante et qu'à présent elle regrettait amèrement la stupidité de son geste.

– Oh, ce n'est rien, répondit l'artiste. Mon cher Terence, c'est la faute de la lune noire. La pauvre Karen n'a pu supporter son influence négative, c'est évident. Quant au portrait, le modèle sera condamné à reprendre la pose et, cette fois, je lui conseillerai de porter un collier d'améthyste. Cette pierre préserve de l'ivresse, c'est bien connu.

On entendit alors le rire de Robert Hamilton qui, jusqu'alors, pelotonné dans un fauteuil, s'était tenu silencieux.

– Vous m'amusez avec vos astres à la noix ! Ma mère a horreur de vos gribouillages, voilà tout !

Andrea se contenta de hausser les épaules. Visiblement, l'impertinence du jeune homme ne risquait pas d'atteindre un tel génie ! Tout en marchant sur les planches, Mary se demandait quelle pouvait bien être la raison du geste incroyable de lady Karen. L'allusion de l'artiste à l'ivresse n'expliquait rien car, la jeune fille le savait, la maîtresse de maison s'astreignait lors d'une réception à ne boire que des jus de fruits. Elle pouvait en témoigner puisque c'était elle, durant la soirée, qui l'avait servie.

« Lady Karen ne parvient plus à supporter les parasites que son mari lui impose, pensa-t-elle. À bout de nerfs, elle a fini par craquer, au mépris de toute bienséance et c'est ce malheureux portrait qui a tout pris ! »

La nuit était délicieuse. Mary se sentait bien dans sa peau.

Elle savait que personne au manoir ne se lèverait avant midi. Il en allait toujours ainsi les lendemains de réception. Elle pourrait donc faire la grasse matinée dans la chambre que les Hamilton lui avait attribuée dans l'aile gauche de Victoria Manor.

Une belle chambre qu'elle avait aménagée à sa guise et qui donnait sur la mer. Oui, vraiment, elle avait eu de la chance en devenant la secrétaire de lord Terence.

Il n'y avait personne en vue. Le miroitement de la lune sur l'océan était une invite à un bain nocturne. Mary se déshabilla en un tournemain et, n'ayant gardé que son slip, courut à travers la plage avant de s'élancer dans l'eau. Elle fit quelques brasses vers le large, puis se retourna afin de regagner le rivage. C'est alors qu'elle aperçut l'ombre qui se penchait vers ses vêtements.

Chapitre 3

Quelques jours plus tôt, dans sa belle demeure des environs de Londres, sir Malcolm Ivory avait reçu une lettre d'invitation de lord Terence Hamilton qui le conviait à venir passer quelques jours en France, dans sa propriété de Villers-sur-Mer. Le célèbre enquêteur connaissait bien la côte normande pour y être allé dans sa jeunesse en compagnie de sa mère qui, francophile, adorait passer ses vacances d'été à Deauville. Son père, l'antiquaire de Camden Passage, préférait la Côte d'Azur, mais il ne répugnait pas à écumer les brocanteurs de Honfleur ou du Pays d'Auge. Sir Malcolm avait gardé un souvenir ému de sa première rencontre avec le Mont-Saint-Michel et les jardins du château de Brecy. Aussi la pensée de se rendre à cette invitation titillait-elle ses méninges, plus habituées à résoudre les mystères policiers qu'à répondre aux mondanités.

Sir Malcolm sortait d'une enquête qui, durant tout un mois, avait sollicité toute son attention. Habitué à collaborer avec Scotland Yard lors d'affaires criminelles dans les milieux aristocratiques, il avait eu l'occasion de rencontrer Hamilton lors d'un procès où le lord faisait office de témoin. L'homme lui avait plu. Il l'avait reçu dans sa résidence de Falcon Manor. Ils s'étaient reconnus une même passion pour les livres rares et s'étaient promis de se revoir. Puis le temps avait passé. Et voilà qu'une invitation arrivait, promettant à Ivory une surprise, et quelle surprise ! Hamilton posséderait dans sa bibliothèque de Villers-sur-Mer un exemplaire complet du *Château des Trente*, roman du XVIIIe siècle que sir Malcolm recherchait depuis très longtemps. Jusqu'à ce jour, il n'avait pu mettre la main que sur un tirage où manquait la page 32. Les imprimeurs de l'époque, les fameux Smith et Elder, sis à Cornhill, avaient tout simplement oublié de l'imprimer ! Mais qu'il existât un exemplaire issu d'un autre tirage au texte entier, voilà qui avait de quoi exciter l'envie d'un bibliophile aussi passionné qu'Ivory ! Il répondrait donc à l'invitation et se rendrait en France à la date indiquée : le mercredi 29 juin.

Pourquoi cette date ? La lettre ne le précisait pas. Sans doute le lord avait-il un calendrier très serré. Un tel homme d'affaires ne devait guère avoir de temps pour lui. Aussi cette invitation avait-elle de quoi surprendre. Sir Malcolm était assez perspicace pour se douter qu'il devait y avoir anguille sous roche. Raison de plus pour retenir une place sur le ferry-boat qui le mènerait de Portsmouth à Ouistreham. De là, il gagnerait Villers-sur-Mer en longeant la côte par Cabourg. Cette semaine de répit le distrairait un peu.

Lorsque Dorothea Pickwick, la vieille majordome, apprit que son maître allait traverser le Channel pour se rendre en France, elle poussa de hauts cris. La brave femme n'avait jamais pu se convaincre que le fils de lady Mary et de sir Philip avait grandi. Elle le voyait toujours comme un adolescent prêt à s'engager dans des aventures insensées. Ne frayait-il pas avec Scotland Yard au lieu d'aller chasser la grouse comme un véritable aristocrate anglais se doit de le faire ? Et, le comble, se rendre en France ! Pour Dorothea, la guerre de Cent Ans battait toujours son plein. Les mangeurs de grenouille étaient incapables de bien se tenir. La preuve : leurs automobiles circulaient à droite et ils méconnaissaient la suavité du porridge.

Sir Malcolm appela Scotland Yard. Il tenait à prévenir de son absence son vieil ami, le superintendant Douglas Forbes. Cela faisait des années qu'ils enquêtaient de concert. Bien qu'ils fussent d'origines opposées, les deux hommes alliaient leurs différences, l'aristocrate apportant sa culture et la finesse de son intelligence, l'homme du peuple son expérience du terrain et son bon sens.

– Douglas, pouvez-vous vous renseigner sur l'état des finances de lord Terence Hamilton ? Je le crois très fortuné, mais on ne sait jamais. Il a beaucoup investi en Normandie, plus particulièrement dans l'immobilier.

– C'est la mode, ronchonna l'officier. Je ne vois pas ce que certains Anglais trouvent de mieux en France que chez nous !

– Les bons petits plats, mon ami !

– Vous croyez ? Moi, je suis certain que je ne m'y ferais jamais. Mais, dites-moi, qu'allez-vous faire là-bas ? Une enquête ?

– Pas le moins du monde ! On m'attire avec la promesse d'un livre unique que je recherche depuis des années.

Le superintendant se mit à rire.

– Ça ne m'étonne pas de vous ! Les orchidées, les échecs et les livres ! Eh bien, bravo ! Passez de bonnes vacances ! Quant à Hamilton, je m'en charge.

– Je vous téléphonerai discrètement pour connaître le résultat.

En fait, sir Malcolm était bien persuadé que lord Terence n'avait aucun souci financier et il se reprochait sa méfiance. Mais, sapristi, que signifiait au juste cette invitation ?

Chapitre 4

*L*a limousine que sir Malcolm avait louée à Ouistreham tenta de s'arrêter devant la grille de Victoria Manor. Wen Chang, son domestique chinois, l'avait accompagné lors du voyage et lui servait de chauffeur. Il était 15 heures et, malgré la température trop élevée pour la saison, une singulière agitation régnait aux alentours de la prestigieuse demeure. L'aristocrate comprit aussitôt qu'un événement peu ordinaire avait eu lieu. En effet, un fourgon noir de la police était entouré par un groupe de badauds, tandis que deux gendarmes réglaient la circulation à coups de sifflets et avec des gestes qui ne souffraient aucune discussion. Aussi Wen Chang alla-t-il garer la voiture un peu plus loin.

Ce ne fut qu'après de longs conciliabules avec un inspecteur assez obtus et une brève conversation téléphonique avec Hamilton lui-même que la grille laissa le passage à sir Malcolm, son domestique étant prié de demeurer dehors à la garde des bagages. Tout cela sentait le drame, mais que s'était-il donc passé ?

Un vieil homme en jaquette, à l'allure compassée et au crâne chauve, apparut sur le perron et se présenta d'une voix sourde :

– Archibald Morgan, majordome de Sa Seigneurie. À qui ai-je l'honneur ?

– Sir Malcolm Ivory. Lord Terence m'a prié de lui rendre visite. Mais que se passe-t-il ici ?

Le vieil homme se troubla.

– Oh, sir... Que Monsieur veuille bien m'excuser, mais j'ignorais... Et, naturellement, que Monsieur veuille bien se donner la peine d'entrer.

La fraîcheur du hall accueillit le visiteur, mais à peine venait-il d'y pénétrer qu'une jeune femme strictement vêtue dévala le grand escalier, traversa le couloir sans regarder personne et sortit.

– C'est... C'est la commissaire... bégaya Morgan. Une bien triste affaire, en vérité.

Peut-être allait-il fournir de plus amples explications lorsque Hamilton apparut. Il était en manches de chemise et paraissait bouleversé.

– Ah, sir Malcolm ! Pardonnez-moi. Je vous avais complètement oublié. Ce qui nous arrive est insensé. Je suis... Comment dire ? Mais entrez, je vous prie. Morgan, veuillez nous laisser, ou plutôt veuillez nous servir un whisky, quelque chose comme ça. Voyez, sir, je suis anéanti.

Ils pénétrèrent dans un somptueux bureau qui jouxtait le hall. Une immense bibliothèque tapissait deux des murs. Lord Terence s'effondra plus qu'il ne s'assit derrière son bureau.

– Vous arrivez en un moment... Oh, je vous accueille bien mal. Nous sommes le 29, en effet, et c'est la date à laquelle je vous avais demandé de venir... Mais voici ce qui se passe : ma jeune secrétaire est morte la nuit dernière. Il paraît que c'est un meurtre. Un meurtre ! Une charmante enfant, presque une gamine. Bref, je n'y comprends rien. Qui a bien pu commettre un acte pareil ?

Le majordome apporta deux verres sur un plateau et servit le whisky avec componction.

– My lord, dit sir Malcolm, je crains que ma venue soit inopportune.

– Non, non ! fit vivement lord Terence. Il faut seulement que je reprenne mes esprits, voyez-vous. J'ai appris la nouvelle juste avant midi. La police française est d'une lenteur... C'est incroyable ! On a retrouvé le corps de la petite dès le lever du jour, sur la plage, et il a fallu tout ce temps pour que l'on s'aperçoive que Mary travaillait chez moi.

Il s'empara de son verre et le vida d'un trait. Sir Malcolm se demanda quels avaient été les véritables rapports entre Hamilton et la jeune morte.

Comme s'il avait deviné ses pensées, lord Terence reprit :

– Oh, je la connaissais très peu. Elle était à mon service depuis trois mois, mais elle était si charmante, si vraie, si compétente malgré son jeune âge... Et puis une mort si brutale, si insensée, si révoltante... C'est à se demander si Dieu existe, si le monde n'est pas devenu fou !

– Vous pensez qu'il s'agit du geste d'un voyou ? suggéra Ivory.

– Que voulez-vous que ce soit ? On l'a retrouvée à moitié nue sur le sable, du côté des planches. Elle avait dû prendre un bain de minuit. C'était bien son genre. Si spontanée, si vive... Nous avions eu une soirée en l'honneur de mon anniversaire. Après le service, il semble qu'elle ait pris sa voiture et gagné Deauville. La commissaire m'a dit qu'elle avait reçu un seul coup de couteau, à hauteur du cœur, juste entre deux côtes. Un spécialiste, un malfrat. Elle est morte d'un coup, comme ça. C'est horrible, n'est-ce pas ?

– Je suppose qu'une autopsie va avoir lieu, dit Ivory pour meubler le silence qui s'installait.

– Hélas ! Peut-être a-t-elle été violée, bien qu'il ne semble pas, mais pourquoi l'aurait-on agressée ? On a retrouvé son portefeuille dans sa voiture qui, de toute façon, était fermée à clé, et on a retrouvé son trousseau sur le sable à côté de sa serviette éponge.

– Le trousseau dans lequel se trouvait la clé de cette maison, je suppose...

– En effet. Elle avait sa propre clé pour rentrer ici à sa guise. Ce n'est donc pas pour la lui voler qu'on l'a attaquée. À moins qu'elle ne se soit défendue pour ne pas la donner et que c'est alors qu'on l'a frappée. Ah, je ne sais pas ! Je ne sais plus ! Pardonnez-moi, sir. C'est la première fois de ma vie que je suis confronté à un drame pareil !

– Le fait est que le trousseau de clés est resté sur le sable, conclut sir Malcolm. Le but n'était donc pas de s'en emparer pour venir ensuite vous cambrioler. Quant à l'arme du crime, l'a-t-on retrouvée ?

– La commissaire m'a dit que non. On la recherche. Ce serait un couteau, ou une arme de ce genre. Mais, dites-moi, sir, puisque vous êtes là, vous qui avez l'habitude de collaborer avec Scotland Yard, peut-être pourrais-je me permettre de vous prier de... Ah, je suis confus de vous demander ça, mais je suis tellement bouleversé et je n'ai guère confiance en la police française... La commissaire est bien aimable, mais c'est une femme. Pensez-vous, sir, que vous pourriez accepter de vous occuper de cette affaire ? Il faut savoir qui a tué Mary Upton, n'est-ce pas, et il faut que ce monstre soit châtié. Quand je pense à ses parents ! Ah ! il va falloir que je leur téléphone. Ils sont à Londres. Quelle horreur !

– My lord, je comprends vos sentiments, mais nous sommes en France. Je n'ai ici aucun pouvoir.

– Ah, oui, évidemment, mais je ne sais pas, peut-être pourrais-je conseiller à la police… ou plutôt au magistrat chargé de l'affaire… Vous savez, je suis très connu ici. Il est possible que je puisse arranger les choses. Officieusement, bien sûr…

Ivory se demanda surtout par quelle étrange coïncidence le lord l'avait invité dix jours plus tôt pour ce 29 juin, date précise à laquelle venait d'avoir lieu ce meurtre ! Or, sir Malcolm n'avait jamais cru aux coïncidences. Hamilton avait-il prévu la mort de sa secrétaire ? Il n'en fallait pas davantage pour que l'instinct de l'enquêteur soit mis en alerte.

– Je rencontrerai votre commissaire dès que possible, dit-il simplement.

Lord Terence se leva, fit le tour du bureau et vint lui serrer chaleureusement la main.

– Oh, merci ! Mille mercis ! Je vais appeler mon majordome pour qu'il vous accompagne à la chambre que je vous ai réservée. Ensuite, je passerai les coups de téléphone indispensables, à cette malheureuse famille d'abord, et ensuite à la commissaire.

La commissaire ! Sir Malcolm s'étonna qu'une femme pût tenir un poste aussi important. Rien de tel n'existait en Angleterre. Décidément, ces Français possédaient l'art de bouleverser l'ordre établi !

Chapitre 5

*A*u moment où sir Malcolm s'apprêtait à sortir du bureau à la suite du majordome, une femme d'une très grande beauté fit son apparition. Apparition, en effet, comme si cette splendide créature était issue d'un rêve. Blonde, au visage d'un ovale parfait, aux yeux d'un bleu céleste, elle portait une robe de soie vert clair qui soulignait agréablement les courbes de son corps digne de Botticelli.

– Lady Karen, mon épouse, annonça lord Terence.

Fort impressionné, Ivory demeura saisi un bref instant, puis il se pencha pour baiser la main que l'admirable femme lui tendait.

– Sir Malcolm est l'invité dont je vous avais parlé, expliqua Hamilton.

– Oh, fit lady Karen d'une voix enchanteresse, il est regrettable que vous ne soyez pas arrivé hier. Nous avons vécu une soirée merveilleuse en l'honneur de mon cher mari. Combien étions-nous donc ? Une centaine, je crois. N'est-ce pas, Terence ?

– En effet, confirma le lord, mais hélas, aujourd'hui…

Lady Karen se tourna vers sir Malcolm et, avec un délicieux sourire, s'écria :

– Une si gentille fille ! Mon mari est sous le choc de cette affreuse nouvelle.

À en croire ce sourire, cette mort ne semblait pas l'avoir particulièrement affectée.

– Morgan va conduire sir Malcolm à la chambre d'ami qui donne sur la mer, dit Hamilton. Après son voyage et avec cette chaleur, il sera certainement satisfait de se rafraîchir un peu.

– Oh, fit lady Karen, j'ai déjà pris au moins deux douches depuis mon réveil. En fait, pour ne rien vous cacher, je ne me suis levée qu'à midi. La réception d'hier m'avait épuisée. Vous savez ce que c'est. Il faut papoter avec les uns et les autres, veiller aux petits fours et aux boissons, surveiller la domesticité. Bref, pardonnez-moi l'expression, j'étais crevée !

– Ma chère, reprit lord Terence, vous n'avez peut-être pas bien saisi qui est sir Malcolm.

Les cils de lady Karen battirent comme les ailes d'un oiseau affolé. Ses lèvres s'entrouvrirent en une muette interrogation.

Dieu, que cette femme était charmante ! Il y avait bien longtemps qu'Ivory n'avait été subjugué à ce point.

– Sir Malcolm est l'un des piliers de Scotland Yard, un ami du major Turner.

– Oh, roucoula-t-elle, ce cher John ! Comment va-t-il ? Cet homme est un amour, avec sa petite moustache et ses airs un peu grognon. Je l'adore.

Jamais Ivory n'avait entendu parler du grand patron du Yard sur un ton pareil !

– Mais, poursuivit-elle, je vais vous laisser. Cette chaleur ridicule me tue. Vivement que nous retournions en Angleterre. Londres me manque, vous ne pouvez pas savoir... Au revoir, cher monsieur. Peut-être nous reverrons-nous.

– Sir Malcolm restera ici quelques jours, fit remarquer le lord.

– Ah, très bien, lança lady Karen d'une voix distraite. Peut-être finirai-je la journée plongée dans la piscine en sirotant des cocktails bien glacés.

Elle agita une main enfantine comme pour saluer et s'éloigna avec la démarche d'un mannequin à un défilé de mode.

– Hum, fit lord Terence, mon épouse a été, elle aussi, très atteinte par le décès de Mary Upton, mais c'est une femme et, contrairement à ce que l'on pourrait penser, les femmes savent mieux gérer leurs émotions profondes que les hommes.

– Sans doute, dit Ivory, puis il expliqua au majordome que Wen Chang et les bagages attendaient toujours devant la grille.

– Morgan, ordonna le lord, donnez à cet homme la chambre mansardée à côté de la vôtre et portez les valises de sir Malcolm dans la sienne dès que vous lui aurez montré où elle se trouve. Voulez-vous, sir, que nous nous réunissions au bar de la piscine pour l'apéritif du soir, vers 19 heures ? Je vous présenterai aux autres hôtes de cette maison.

Tandis qu'ils se séparaient, Ivory se posait plusieurs questions. Hamilton l'avait-il attiré à Victoria Manor sous le prétexte de lui communiquer *Le Château des Trente* alors qu'il se doutait qu'un crime allait être commis ? Savait-il que la victime serait sa secrétaire ? Quels avaient d'ailleurs été les véritables rapports entre le lord et la jeune femme ? Lady Karen ne semblait guère être affligée par cette disparition, ce qui pouvait se comprendre si une liaison avait existé entre le sexagénaire et son employée. De toute façon, comme il était trop tôt pour qu'il se fasse la moindre opinion, sir Malcolm décida de s'organiser au mieux dans sa chambre car, il le devinait à présent, il resterait à Victoria Manor tant qu'il n'aurait pas résolu le meurtre de Mary Upton.

Chapitre 6

La chambre allouée à sir Malcolm ressemblait, en fait, à la suite d'un grand hôtel : vaste entrée, boudoir, chambre à coucher, salle de bains, le tout d'un luxe discret assorti de toutes les commodités, air conditionné, réfrigérateur rempli d'alcools et de rafraîchissements, énorme télévision, et même bicyclette de salon, destinée sans doute à parfaire la forme des invités.

La grande baie ouvrait sur la partie du parc qui descendait en pente douce vers la mer. Des statues modernes agrémentaient les pelouses arrosées par des jets d'eau. La plupart des arbres devaient être centenaires : ginkgos, pins maritimes, ifs, chênes d'Amérique. Devant un petit étang, deux magnifiques oliviers encadraient une table de granit assortie de trois sièges taillés dans la pierre. Tout cela sentait l'aisance et le bon goût, encore que sir Malcolm eût préféré des statues grecques plutôt que les volumes de marbre blanc qu'un sculpteur d'avant-garde avait disséminés ici et là sur le gazon. Quant aux oliviers, quel excentrique avait bien pu avoir l'idée d'en planter sous le climat de Normandie? Décidément, ses transactions comme marchand de biens avaient rapporté gros à Hamilton! N'avait-il pas fait des envieux? Mais pourquoi assassiner sa secrétaire?

Dès que ses bagages furent montés, Ivory prit une douche et se changea. Il commençait à ranger ses vêtements dans la penderie de l'entrée lorsqu'un frôlement attira son attention. Quelqu'un venait de glisser une feuille de papier sous la porte. Il s'en saisit, la déplia et lut: «Si vous voulez tout savoir, rendez-vous devant les oliviers du parc dans une heure.» L'écriture à l'encre noire était belle, comme calligraphiée. Pas de signature. En revanche, une curieuse odeur émanait du pli. Sir Malcolm reconnut le parfum caractéristique de l'encens indien, plus sucré que le chinois.

Il était 16h15. Une petite bibliothèque aux rayonnages bien pourvus se dressait à la droite du lit. C'étaient des ouvrages en anglais traitant de la Normandie. De belles reproductions photographiques évoquaient les différents sites touristiques de la région: châteaux de Carrouges, de Beaumesnil et de Balleroy, tapisserie de Bayeux, abbaye du Bec-Hellouin; mais l'attention d'Ivory s'arrêta surtout sur l'ouvrage dévoilant les splendeurs du Mont-Saint-Michel, réveillant en lui ses souvenirs d'enfant. Il se voyait encore monter allégrement les escaliers qui mènent à la Merveille, et sa mère essoufflée le suivant avec peine. Il se surprit à penser que lorsque la mort de Mary Upton aurait révélé son secret, il retournerait au mont de l'archange doré.

À 17 heures, sir Malcolm, tout de blanc vêtu, descendit au rez-de-chaussée et trouva aisément la porte qui donnait sur le parc. La chaleur le surprit. Là-bas, entre les deux oliviers, assise devant la table de pierre, une curieuse silhouette l'attendait. S'approchant, il vit que c'était une femme d'un certain âge coiffée d'un chapeau rouge et vêtue d'une robe à ramages si excentrique que l'on eût dit un déguisement.

– Approchez ! Approchez !

Son visage tout ridé, aux yeux noircis au charbon et aux lèvres sanglantes, crut s'orner d'un sourire qui s'acheva en une horrible grimace.

– Vous savez qui je suis, n'est-ce pas ? Non, ça ne vous dit rien ? Andrea Pendleton, l'artiste peintre. Vous vous souvenez à présent. La portraitiste des têtes couronnées ! Je suis célèbre des deux côtés du Channel.

Sir Malcolm n'en avait jamais entendu parler.

– Asseyons-nous ici, devant ce merveilleux étang. Je le peindrais bien, lui aussi, mais je réserve tout mon art aux portraits. Il faudra d'ailleurs que vous posiez pour moi. Votre visage est d'un très grand intérêt. Un profil racé. Beaucoup de distinction. Tournez-vous un peu. Oui, comme ça. Excellent ! Vraiment excellent ! On croirait lord Nelson.

Était-elle folle ?

– Madame, s'empressa Ivory, vous m'avez demandé de vous rencontrer…

– Ah, oui, parfaitement. Je vous ai reconnu, vous comprenez. J'ai lu tous vos exploits dans le *Sun*, et même dans le *Times*, et peut-être ailleurs, je ne sais plus. Et donc, j'ai tout compris. Vous êtes l'homme de la situation.

– Quelle situation, madame ?

– Le meurtre, monsieur ! Le meurtre de cette pauvre fille ! On ne va pas le laisser impuni, tout de même ! Car je vais tout vous dire : la police française est complice. Ce sont des incapables, des vendus. Mais vous êtes là, vous, le phénix de Scotland Yard ! Vous allez fondre sur la proie !

– Pardonnez-moi, fit Ivory quelque peu éberlué, mais de quelle proie parlez-vous ?

– L'assassin, bien sûr ! Tenez, je vais vous montrer.

Elle se saisit d'un cadre vide qui se trouvait adossé à l'un des oliviers, le brandit face à sir Malcolm et, le tenant d'une main, dessina de l'autre une figure imaginaire.

– Vous le voyez. Vous le voyez bien. C'est lui. À moins que ce soit elle... oui, plutôt elle ! On ne saurait s'y tromper. Tout est dans l'invisible. Il suffit d'avoir le troisième œil pour percer les apparences et saisir le réel, le véritable réel, celui où se meuvent les événements essentiels.

Le poignet gauche d'Andrea Pendleton s'ornait d'une montre-bracelet qui brillait de tous ses feux. Des diamants superbes, à n'en pas douter !

– Vous avez là un merveilleux bijou, fit remarquer sir Malcolm afin de ramener la vieille artiste à un minimum de raison.

– Ah, vous l'avez remarqué ! C'est un Cartier. Terence me l'a offert ce matin. N'est-il pas mignon ? Il faut dire qu'il avait beaucoup à se faire pardonner. Enfin, pas lui, mais l'autre, son épouse, une véritable harpie sous des dehors de Fée Clochette. Une théâtreuse à quatre sous. Une arracheuse de dents. Bref, je sais ce que je dis.

Pour quelle raison Hamilton aurait-il offert un joyau d'un tel prix à cette femme visiblement dérangée ? Et pourquoi aurait-il fait ce cadeau royal le matin même où, bouleversé, il apprenait la mort de sa secrétaire ? Ça n'avait pas de sens, et sans doute la pauvre femme racontait-elle n'importe quoi. D'ailleurs, cette montre-bracelet, peut-être venait-elle de la voler ?

– Pour vous offrir une telle splendeur, lord Terence doit vous estimer particulièrement, dit sir Malcolm.

– Il reconnaît mon talent, pas comme d'autres écervelés qui confondent barbouillage et peinture. Moi, monsieur, j'expose ! Et puis je vais vous révéler un secret. Terence et moi nous connaissons depuis si longtemps que ni lui ni moi ne nous souvenons de notre première rencontre. Une rencontre astrale, ça j'en suis certaine ! Mais, à ce propos, cher monsieur, de quel signe êtes-vous ? Verseau, ascendant Balance, je parie !

Ivory ne s'était jamais intéressé à l'astrologie. Il savait seulement que, selon l'horoscope chinois, il était né l'année du Dragon. En souriant, il demanda :

– Et si je suis effectivement Verseau, qu'en pensez-vous ?

– Méfiance, cher monsieur. Méfiance ! Souvenez-vous du dicton : « La mort rôde et s'enfuit en riant. »

Ce disant, elle mima une courbette risible et, son cadre sous le bras, elle s'en alla.

Chapitre 7

À peine Andrea Pendleton s'en était-elle allée que sir Malcolm entendit un ronflement, provenant d'un magnifique bosquet d'hibiscus. Décidément, le parc des Hamilton se voulait un jardin tropical ! Le climat de la région permettait-il une telle excentricité ? Sans doute devait-on rentrer la plupart des arbres, en hiver !

Un homme d'une cinquantaine d'années dormait, étendu sur l'herbe, une bouteille de whisky vide à son côté. À en juger par son habillement à la fois original et négligé, on eût dit un de ces rapins comme il en rôdait dans le Montparnasse des années 1900. Curieuse faune dans un tel endroit ! Ivory crut bon de s'éloigner, mais comme il regagnait le petit étang, le dormeur se redressa et déclara d'une voix ferme :

– Bienvenue à Victoria Manor, sir Malcolm !

– Hé ! Il semble qu'ici tout le monde me connaisse !

– Sir, je me présente : Apolonius Tycoon, poète de Sa Gracieuse Majesté, pour l'heure en villégiature dans le pays des bérets et des baguettes de pain. Cela dit, la température m'engage à vider une nouvelle bouteille de scotch. Hic ! Écoutez ceci : « Les parcelles du temps ne sont pas faites pour les morts. » Pas mal, non ? Et encore : « Ah, momies d'Égypte, quel secret se cache sous vos bandelettes et vos yeux cousus ? »

– Ce n'est pas très gai, remarqua sir Malcolm en riant.

Tycoon se balança d'une jambe sur l'autre comme s'il allait perdre l'équilibre, se rattrapa au tronc d'un olivier et s'écria :

– Oraison funèbre pour une infante défunte ! Bah ! « Même l'empereur sera enterré avec une bêche. » Proverbe chinois. Hic ! Que voulez-vous, cette demeure rassemble en ses flancs plus de fantômes qu'un château d'Écosse. Quant à la petite Mary, que voulez-vous ? Elle adorait la mer et la nuit. Les deux l'ont dévorée. J'aurais préféré, hic ! m'en occuper moi-même. Trop tard ! Les loups courent plus vite que les renards, et les renards plus vite que les chevaux, mais ils s'essoufflent. Pouf ! Pouf ! Herne le chasseur en vient toujours à bout.

Il essuya une larme, mais peut-être était-elle due à l'alcool. Ivory profita de ce répit pour demander :

– Mary Upton était très aimée, n'est-ce pas ?

Tycoon lança la bouteille vide qui alla s'écraser contre la table de granit.

– Une belle et chouette fille. D'ailleurs, hic, elle ressemblait à la Karen, en plus jeune, évidemment. C'est tout dire…

– Vous voulez parler de lady Karen, l'épouse de lord Terence.

– De qui d'autre voulez-vous parler ? Un seul mot. Un mot de poète : « fascination ». Et puis après ? Voyez-vous, sir, il y a la surface. Hic ! La surface de cet étang, par exemple. Délicieux spectacle, n'est-ce pas ? Mais dessous, je vous parie, mon vieux, que dessous c'est plein de salamandres, de vers de terre, hic ! et de mille autres bestioles toutes blanches et dégueulasses.

– Vous n'aimez guère lady Karen…

– Moi ? Je l'adore. D'ailleurs je lui dédierai mon prochain recueil. Il s'intitulera *Étoile morte*. Un concentré de nobles sentiments qui aurait envoûté Rossetti et sa Béatrice. Il n'est de grand amour que dans le tombeau.

– Sans doute évoquez-vous l'épouse décédée de Rossetti, sa chère Elisabeth ?

Tycoon s'enthousiasma :

– Elisabeth Siddal ! L'Ophélie au fil de l'eau de Millais ! Voilà à qui ressemblait la petite Mary. Un visage préraphaélite d'une pureté absolue !

– Mary Upton n'est pas morte noyée au fil de l'eau, fit remarquer Ivory. Que je sache, elle a été poignardée.

Le poète prit un visage renfrogné.

– On dit ça !

– Ne le croyez-vous pas ?

– Le poignard ! Le couteau ! Vous trouvez que c'est poétique ? Et pourquoi pas un piège à rats ? Allez, sir, arrêtons là. Mon gosier réclame. Je vous offre une tournée aux frais du prince. La cave est bien garnie.

À ce moment, Wen Chang apparut dans le parc et s'approcha vivement des deux hommes.

– Maître Malcolm. Police vous demander. Une dame police.

– Je vois ce que c'est, dit Tycoon. Madame la commissaire est une sorte de rosier. C'est joli, ça sent bon, mais ça pique ! Remarquez : j'en ferais bien mon affaire. Quant à la cervelle… Ces Gaulois sont étonnants. Confier une enquête à une femme ! Heureusement, Scotland Yard est là !

Ivory allait répéter qu'il n'avait aucun droit à s'immiscer dans une affaire qui seule pouvait concerner la police française, mais il s'en abstint.

Chapitre 8

Dans le bureau où lord Terence accueillit son hôte se tenait la jeune femme que sir Malcolm avait croisée en entrant pour la première fois dans le manoir. Sans doute était-elle plus âgée qu'elle ne le paraissait. Strictement vêtue, les cheveux courts d'un noir de jais, les yeux vifs et inquisiteurs, elle était plutôt petite mais devait s'adonner au sport, à en juger par la carrure de ses épaules et son maintien assuré.

– Cher ami, je vous présente la commissaire Duvalier, dit Hamilton. Je lui ai parlé de vous mais il se trouve que votre réputation était déjà parvenue jusqu'à elle. Comme elle parle anglais et que vous êtes fort à l'aise en français, je ne doute pas que vous puissiez vous entendre. Sur ce, je vous laisse.

Lorsqu'ils furent seuls, la commissaire pria Ivory de s'asseoir et, sans autre préambule, commença :

– Je suppose, monsieur, que vous avez participé hier à la réception donnée par le lord à l'occasion de son anniversaire.

– Non. Je suis seulement arrivé ici aujourd'hui.

Elle parut étonnée.

– Le lendemain de la fête ? Et pourquoi donc ?

– Tout bonnement parce que lord Terence m'a invité pour le 29 juin et que nous sommes le 29 juin.

Cette simple réponse décontenança la commissaire durant un bref instant, puis elle demanda encore :

– Et pourquoi le lord vous a-t-il invité pour cette date précise ?

– J'avoue ne pas le savoir exactement. Il devait me montrer un livre rare que je recherche depuis longtemps, mais, étant donné les circonstances, nous n'en avons même pas encore parlé.

Elle jeta un regard noir en direction d'Ivory.

– Ne trouvez-vous pas étrange cette coïncidence ? Vous appartenez à Scotland Yard et vous débarquez le jour d'un meurtre.

– Pardonnez-moi, fit sir Malcolm, mais je n'appartiens pas à Scotland Yard. Il arrive que l'on sollicite ma participation, mais je ne suis qu'un amateur.

Elle eut un petit sourire, le premier depuis l'entrée d'Ivory.

– Vous, les Anglais !

Mais elle n'ajouta rien de plus, se leva et alla se camper devant la baie qui donnait sur la mer. Elle demeura ainsi un assez long moment, puis, se retournant brusquement, elle lança :

– De toute façon, si vous devez rester ici comme le souhaite le lord, vous pouvez nous être utile.

– Comment cela ?

– En observant ce qui se passe, tout simplement. Je crois, voyez-vous, que seul un Anglais peut vraiment bien comprendre un autre Anglais.

Sir Malcolm avait la désagréable sensation d'être pris à un piège. En l'invitant, Hamilton avait-il voulu l'utiliser ?

– J'avoue, dit-il, que je me sens manipulé, et je n'aime pas ça. L'envie me prend de monter dans le premier ferry-boat venu et de regagner l'Angleterre.

– C'est évidemment votre droit, admit la jeune femme, mais je serais étonnée que le singulier hasard que nous avons évoqué ne sollicite pas votre curiosité.

Sir Malcolm se mit à rire.

– Vous êtes une fine mouche, commissaire. « Solliciter » est un joli mot pour dire que je suis intrigué. Comment lord Terence aurait-il pu deviner que sa secrétaire allait se faire assassiner cette nuit-là ? Il y a évidemment un élément qui nous échappe. Mais, dites-moi, qui était au juste Mary Upton ?

– Une jeune fille modèle. Sortie major de sa promotion, elle avait été recommandée aux Hamilton qui l'ont engagée comme secrétaire personnelle. Nous avons fouillé sa chambre. Une banale chambre d'adolescente ordonnée, minutieuse même. Quelques produits de beauté dénotant un goût pour le naturel. Pas de journal intime. Quelques lettres, uniquement de ses parents. Bref, rien de particulier.

– Ses rapports avec le lord étaient-ils uniquement professionnels ? Je l'ai trouvé bien troublé.

– Il ne semble pas que Mary Upton ait eu de liaison amoureuse avec qui que ce soit. L'autopsie nous renseignera davantage sur ce point. Lady Karen nous a déclaré qu'elle la croyait vierge et, selon ses termes, « un peu niaise de ce côté-là ».

– Est-il habituel qu'une jeune fille prenne un bain nocturne en tenue d'Ève ?

– Elle se croyait seule. En pleine nuit, durant la semaine, les planches sont désertes. En fait, lorsque le corps a été retrouvé, il était partiellement vêtu, comme si l'on avait voulu le rhabiller, mais on s'y est fort mal pris. Le slip était encore humide. Elle l'avait donc gardé en se baignant. Pas de soutien-gorge, mais à en croire sa petite poitrine, elle ne devait pas en porter d'ordinaire. Quant à sa robe, c'était celle qu'elle avait mise lors de la soirée d'anniversaire. Elle tenait le buffet en compagnie du majordome, qui nous l'a confirmé.

– Combien d'invités ont-ils assisté à cette soirée ?

– Une centaine. Presque tous des Britanniques, à part le maire de Villers-sur-Mer, le notaire et deux ou trois autres notables locaux. Il faut d'ailleurs préciser que la colonie anglaise forme ici un clan à part. Elle ne se mêle guère aux familles françaises de la région. En revanche, elle participe volontiers à des concours de polo, de tennis, ou aux festivals de cinéma. Ce sont d'ailleurs souvent des Anglais qui les organisent.

– À quelle heure toutes ces personnes ont-elles quitté Victoria Manor ?

– À minuit.

– Et c'est alors que Mary est partie à son tour, supposa sir Malcolm.

– Non. Elle devait ranger les restes du buffet en compagnie du majordome. D'après ce dernier, elle est montée dans son Austin une heure environ après le départ des invités.

– À quelle heure a-t-on fixé sa mort ?

– Vers 3 ou 4 heures, mais il faudra attendre des examens complémentaires car la nuit était chaude, ce qui a pu retarder le temps de refroidissement du corps.

– Des traces de lutte ont-elles été relevées ?

– Rien de très convaincant, comme si le meurtrier l'avait frappée immédiatement. L'autopsie nous donnera peut-être des précisions sur ce point.

– Je suppose que des traces de pas ont pu être relevées sur le sable ?

– Le sable est ratissé tous les soirs : les traces de pas de Mary se dirigeant vers l'océan et revenant vers sa serviette de bain étaient donc très visibles. On a pu également constater que le sable était quelque peu remué à l'endroit où vraisemblablement son meurtrier l'avait rejointe pour la frapper, mais rien de plus, hélas.

– Madame, je vous félicite. Vos explications sont extrêmement claires.

– Mademoiselle ! rectifia la commissaire – et elle ajouta, avec une pointe de malice : l'École supérieure de police forme ses cadres avec beaucoup de rigueur et dans un esprit résolument moderne.

– Oh, je n'en doute pas ! Mais commissaire à votre âge... C'est très remarquable.

– J'ai passé avec succès les concours nécessaires, voilà tout. Et puis je ne suis pas aussi jeune que vous le croyez. En France, nous pensons que l'intuition féminine est un atout dans l'investigation criminelle. Cela dit, j'ai fait mes classes, tout comme un homme, arts martiaux y compris. Beaucoup ne peuvent pas tenir jusqu'au bout.

Sir Malcolm commençait à considérer la commissaire sous un angle nouveau.

– Je pense que le grade de commissaire correspond en Angleterre à superintendant, dit-il.

– Oh, fit-elle, je ne suis pas encore divisionnaire ! Mais, pour en revenir à notre affaire, je pense qu'il convient de sérier le problème. Première hypothèse : crime d'un rôdeur, mais il n'existe aucune trace de vol ni de viol. Deuxième hypothèse : crime perpétré par un des invités de la soirée. Nous allons relever les empreintes digitales des uns et des autres, routine qui ne nous mènera sans doute nulle part car aucune empreinte n'a pu être trouvée sur le lieu du drame.

– Même sur la victime ?

– Le médecin légiste va évidemment procéder aux relevés d'usage, mais ni sur la robe qui comportait une petite ceinture de tissu, ni sur la serviette de bain, ni sur les chaussures nous n'avons relevé quoi que ce soit. À croire que l'assassin portait des gants, ce qui, avec cette chaleur, signe la préméditation. D'où la troisième hypothèse : le crime d'un familier, mais d'un familier qui savait se servir d'un couteau, le coup ayant été porté de bas en haut et juste entre les deux côtes, à hauteur du cœur. La mort a dû être instantanée car la blessure n'a pas saigné.

– Ce qui pourrait convenir aussi à votre première hypothèse, fit remarquer sir Malcolm. Et dans la voiture, qu'a-t-on trouvé ?

– Mary l'avait laissée verrouillée devant un café assez snob, fermé à cette heure-là. À l'aide de la clé découverte à côté du corps, nous avons pu constater que la malheureuse avait, avant de quitter le véhicule, placé son portefeuille dans la boîte à gants. Il contenait ses papiers d'identité, quelques coupures en francs et en livres, la photographie de ses parents. Sur la banquette avant traînait une paire de lunettes de soleil à verres correcteurs. Or, la victime n'avait aucun problème de vue. Nous enquêtons sur leur propriétaire. Et puis, observation intéressante, nous avons remarqué, à l'intérieur de l'Austin, une forte odeur de pipe, cela nous en sommes certains : Mary ne fumait pas. Surtout pas la pipe !

– En quelques heures, vous avez déjà réalisé un excellent travail, déclara Ivory en pensant que le Yard ferait bien d'incorporer des femmes de cette envergure.

Chapitre 9

*L*e premier spectacle que remarqua sir Malcolm en pénétrant dans le bar fut celui de lady Karen évoluant telle une naïade dans la somptueuse piscine. Un maillot de bain réduit au minimum mettait en valeur la perfection d'un corps magnifié par des heures de soins attentifs.

Lorsqu'elle aperçut Ivory, elle se dressa dans l'eau et agita la main avec un «hou-hou» destiné d'ordinaire à accueillir un familier. Mais déjà lord Terence présentait à sir Malcolm Apolonius Tycoon («un des plus grands poètes de sa génération») et Andrea Pendelton («la portraitiste la plus inspirée du siècle»). Aucun des deux ne fit allusion à leur rencontre précédente.

– Et voici Leonard Sticker, mon banquier principal et, je dois le dire, mon conseiller financier. C'est grâce à lui si les investissements de ma société ont été couronnés de succès jusqu'à ce jour. Comment dit-on en français ? Cet homme a la Bourse dans le sang.

Le gros homme parut agacé par l'ampleur d'une telle présentation. Il n'en fit pas moins une courbette un peu trop profonde qui permit à sir Malcolm d'admirer sa crinière blanche de vieux comédien.

– Sticker est aussi un amateur éclairé de monnaies anciennes, poursuivit Hamilton. Lancez la conversation là-dessus. Il y sera intarissable.

– C'est vrai, dit le banquier, c'est là une de mes passions. Mes danseuses sont Minerve, Marianne... Que voulez-vous ? À mon âge, on a les amours que l'on peut.

– Je suis moi-même fort intéressé par la numismatique, enchaîna Ivory. Ma collection n'est pas considérable, mais figurez-vous que mon antiquaire de père m'a légué quelques pièces rarissimes.

– Oh ! s'écria Sticker tout émoustillé. Puis-je savoir lesquelles ?

– La plus précieuse est sans nul doute une pièce française. Il s'agit du 100 francs Napoléon or de 1866 marqué de la lettre B. Sa production a été refondue dans sa totalité. Seuls quelques exemplaires ont échappé au massacre.

– En effet ! s'exalta le banquier. La 100 francs de 1866 ! Mais, cher monsieur, sachez que j'en possède également un exemplaire. N'est-ce pas extraordinaire ? Nous sommes ici deux possesseurs d'une telle rareté ! Bien entendu, vous vous refuseriez à me la vendre…

– Bien entendu, acquiesça sir Malcolm en souriant, car il avait la certitude que Leonard Sticker était soit un piètre collectionneur, soit un vantard.

Mais, au même moment, dans un grand remous, lady Karen sortit de l'eau. Tous les regards se portèrent sur elle tandis que le lord se précipitait, lui tendant une sortie de bain.

– Je prendrais volontiers un cocktail gin-martini, claironna-t-elle en s'approchant du bar. Hélas, ma petite Mary n'est plus là pour me le préparer comme je l'aime. Vous savez, cette enfant avait mille qualités et nous n'en retrouverons pas une semblable. N'est-ce pas, Terence ?

Le lord était passé derrière le bar et s'affairait parmi les bouteilles pour préparer le cocktail désiré.

– Qui en prendra également ? s'enquit-il.

Tout le monde tomba d'accord sur le choix de la maîtresse de maison.

– Savez-vous comment l'aimait Churchill ? demanda Hamilton. Il plaçait le verre de gin devant la bouteille de vermouth, estimant que le rayon de soleil qui traversait la bouteille et venait frapper le verre suffisait à donner toute sa saveur au mélange.

La blague amusa l'assemblée, mais Andrea Pendleton prit la parole en levant un doigt vengeur :

– Moquez-vous ! On voit que vous ne connaissez pas les influences magnétiques qui jaillissent du soleil et viennent engendrer les moindres parcelles de la terre. Churchill était un chaman. Il savait ce qu'il faisait. D'ailleurs, sans lui, que serions-nous devenus ? De ce grand homme, j'ai réalisé au moins vingt portraits dont l'un a été exposé à la galerie Buston et a reçu le prix d'Excellence !

Sticker glissa à l'oreille d'Ivory :

– C'est un prix qu'a fondé sir Terence…

À peine Hamilton avait-il versé le contenu du shaker dans les verres alignés sur le comptoir du bar que Tycoon se ruait sur l'un d'eux et le vidait d'un trait, après quoi il commença à réciter un poème qui parut à sir Malcolm sans queue ni tête.

– Je crains qu'Hamilton ne se rende pas compte de la pauvreté d'une telle littérature, reprit le banquier à voix basse. Il prend ces stupidités pour de l'avant-garde. Mais bon. C'est son argent, pas le mien. Avez-vous vu la montre-bracelet que porte Andrea Pendleton ? Lord Terence la lui a offerte ce matin pour s'excuser auprès d'elle de la scène d'hier soir. Incroyable, non ?

Sir Malcolm, intrigué, allait demander de quelle scène il s'agissait lorsque Robert, le fils Hamilton, fit son entrée. Il avait visiblement bu et parvint avec une certaine peine jusqu'au bar.

– Et voilà l'héritier ! souffla Sticker. Mettriez-vous un shilling sur une mauviette pareille ?

Ivory se garda bien de répondre. Décidément, les familiers du lord formaient une bien curieuse engeance ! Lady Karen, la première, une superbe fofolle peut-être plus venimeuse qu'un serpent ; Andrea Pendleton, visiblement toquée ; Apolonius Tycoon, un ivrogne halluciné ; enfin ce banquier qui ne semblait guère porter les Hamilton dans son cœur. Quant au fils, n'était-il vraiment qu'un enfant gâté ?

– À la mémoire de notre chère petite Mary ! s'écria soudain lady Karen en levant haut son verre.

Tous les autres l'imitèrent en chœur sans avoir l'air de s'apercevoir de l'incongruité d'un tel toast.

– Il faut toujours saluer la mort, jeta Tycoon en prenant un autre verre.

Lady Karen s'approcha d'Andrea Pendleton et trinqua avec elle en heurtant son verre au risque de le briser.

– Et vive Cartier ! s'écria-t-elle, après quoi elle partit d'un grand rire et alla quérir un autre cocktail auprès de son mari qui venait d'en confectionner une nouvelle série.

Sir Malcolm se demanda si le bracelet du joaillier Cartier que sir Terence avait offert à la Pendleton n'était pas à l'origine de quelque sourd conflit. Mais, à ce moment-là, son regard fut attiré vers une scène plus étrange encore. Apolonius Tycoon, après s'être fait servir un quatrième verre, en vidait discrètement le contenu dans un des vases qui, de chaque côté du bar, exhibaient de somptueux bouquets.

Jouait-il à l'ivrogne ou craignait-il d'être empoisonné ?

Chapitre 10

*V*ers 19 heures, lady Karen avait annoncé qu'elle allait gagner sa chambre afin de se vêtir pour la soirée. Une heure plus tard, les invités avaient été priés de se rendre dans la salle à manger où un repas fort approprié à la température leur avait été servi : gaspacho à la sévillanne, langouste grillée aux herbes, salade d'endives à l'anis, fruits glacés au marasquin et café irlandais au whisky de douze ans d'âge.

Durant ce dîner arrosé au champagne rosé brut, les conversations avaient été surtout marquées par leur totale insignifiance. Chacun y allait de ses commentaires sur la chaleur, le polo, le golf, le tennis et les courses de chevaux. Sir Malcolm avait remarqué que lord Terence et Leonard Sticker, assis à sa droite, ne cessaient de débattre à mi-voix sans se préoccuper des dialogues engagés autour de la table. Qu'avaient-ils donc de si important à se dire ?

Ivory avait été placé en face de lady Karen. Durant tout le repas, celle-ci n'avait cessé de parler des charmes de Paris qui, selon elle, se réduisaient aux couturiers, aux coiffeurs, aux restaurants, principalement celui des bateaux-mouches. Mais, évidemment, tout cela ne valait pas Londres, ni d'ailleurs New York. Hong Kong n'était pas mal non plus, encore qu'il s'y trouvait trop de Chinois. Quant à la meilleure plage du monde, c'était celle des Seychelles où elle connaissait un barman qui confectionnait les meilleurs «Green Love» de la terre, car lui au moins savait y ajouter une tranche de carambole.

Au fur et à mesure que le dîner allait vers son terme, Sticker se faisait de plus en plus nerveux, consultant sa montre à tout instant, tandis que son visage mafflu tournait au livide. Que se préparait-il donc ? Sir Malcolm n'allait pas tarder à l'apprendre. En effet, alors que le majordome achevait de débarrasser la table, les conversations cessèrent peu à peu. Les visages se tournèrent vers Hamilton qui, dans un silence impressionnant, se leva et lentement, d'une voix grave, prit la parole :

– Mes chers amis, dit-il, le moment est venu où il devient nécessaire que je vous parle de ma mort.

Un coup de tonnerre n'eût pas ébranlé davantage l'assistance. Morgan laissa échapper le plateau sur lequel il emportait les verres. Il chut avec un tel vacarme que l'on n'eut su dire si le cri poussé par lady Karen venait de cet incident ou de l'annonce inopinée de son mari.

Sticker, tremblant de la tête aux pieds, tenta de faire se rasseoir le lord, mais celui-ci poursuivit :

– Que l'on me pardonne l'aspect quelque peu théâtral de mon intervention, mais je ne doute pas que vous saurez y reconnaître la pudeur qui sied aux moments les plus graves, et sans doute aussi un zeste d'humour. Archibald, mon ami, veuillez apporter la bouteille de Romanée Conti Richebourg, cuvée de 1945 que je vous ai fait mettre à chambrer tout à l'heure. Éteignez les lampes. La lumière des chandeliers s'adaptera mieux au contenu de mes paroles.

Lady Karen se leva et lança d'un ton furieux :

– Terence, à quoi rime cette mascarade ?

D'un ton posé, Hamilton la pria de reprendre place et commença :

– Hier était mon anniversaire. J'ai soixante-quinze ans et je ne verrai pas la fin de cette année. Je disparaîtrai non pas comme cette merveilleuse et malheureuse Mary Upton, mais plus prosaïquement comme mes médecins me l'ont annoncé depuis plus d'un an. J'en ai caché à tous la cruelle réalité, sauf à ma chère épouse : je suis atteint d'un cancer incurable. Il fallait bien qu'un jour vous appreniez la nouvelle, et ce jour est arrivé.

Un brouhaha suivit cette déclaration stupéfiante. Les beaux yeux de lady Karen s'embuèrent de larmes. Robert cacha son émotion derrière sa serviette. Les lèvres d'Andrea Pendelton furent agitées d'un long tremblement. Quant à Tycoon, il prit si maladroitement son verre qu'il le renversa, répandant son contenu sur la nappe. Mais peut-être le fit-il exprès ?

Sir Malcolm assistait à cet événement inattendu avec un surcroît d'attention, son regard se portant tour à tour sur l'un et l'autre des convives. Lord Terence l'avait-il fait venir à Victoria Manor pour qu'il assiste à ce discours singulier ? Les paroles d'Hamilton étaient, certes, d'une gravité exceptionnelle, et pourtant elles sonnaient faux. Une telle mise en scène était-elle nécessaire pour annoncer publiquement sa mort prochaine ? Qu'un lord se permît une incorrection aussi choquante heurtait les convictions de sir Malcolm.

À présent, Morgan servait le vin comme le lui avait demandé son maître. Le majordome paraissait très ému, lui aussi, et sa main gantée de blanc tremblait en versant le somptueux liquide.

Chapitre 11

*H*amilton demanda de nouveau le silence, puis il reprit :

– Comme vous le savez, je me trouve aujourd'hui à la tête d'une fortune importante, gagnée en partie grâce aux transactions immobilières de mes sociétés, et aussi, je l'avoue, grâce à des spéculations financières adroitement conduites. Je donnerais volontiers tous ces biens pour recouvrer la santé, mais la médecine telle qu'elle est aujourd'hui ne peut plus rien pour moi. De toute façon, je désire que ceux que j'ai aimés soient récompensés de leur fidélité à mon égard.

Les visages tendus autour de la table témoignaient de l'importance du moment. Sir Terence goûta au Romanée Conti et poursuivit :

– Je voulais d'abord vous révéler qu'après avoir mûrement réfléchi et m'être entouré de conseils avisés, j'ai décidé de changer la teneur du testament que j'avais déposé il y a deux ans chez mon notaire de Londres, le cabinet Smith et Gordon. Les raisons de ce changement m'appartiennent et je désire n'en point parler. Néanmoins, je tiens à ce que vous, mes proches et chers amis, soyez dès à présent avertis de mes dispositions nouvelles. Elles seront officiellement entérinées demain matin lors de la venue de maître Gordon que j'ai convoqué en personne à cet effet.

Il s'arrêta de nouveau, but une nouvelle gorgée de vin, jeta un long regard sur les convives et reprit :

– Mon épouse ici présente recevra cinquante pour cent de mes biens. Elle a été le bonheur de mes dernières années. Mon fils unique, Robert, touchera le quart restant, mais seulement au décès de sa mère, espérant qu'il profitera de ce laps de temps pour devenir digne de me succéder.

Sur le coup, le jeune homme ne parut pas comprendre, mais lorsqu'il vit tous les regards tournés vers lui, il se dressa brusquement, prit le verre qui se trouvait devant lui et le jeta à travers la table en un geste de colère, après quoi il sortit vivement de la pièce en frappant des talons.

Imperturbable, et comme s'il n'avait pas été témoin de cette scène, Hamilton continua :

– Sur le second quart de ma fortune, j'offre à Leonard Sticker, mon fidèle conseiller, la somme de cent mille livres, et à mon cher Archibald

Morgan un montant de quinze mille livres, lui qui a toujours été l'un de mes serviteurs les plus dévoués. Je réserve à mon vieux compère Apolonius Tycoon une bourse à vie s'élevant à dix mille livres mensuels sous condition qu'il mène à son terme sa grande œuvre poétique. Quant à notre chère Andrea, elle a d'ores et déjà reçu le gage de notre affection et le témoignage de nos excuses sous la forme d'une précieuse montre-bracelet de chez Cartier qu'elle conservera à condition qu'elle achève et nous offre d'ici un mois un double portrait nous représentant, lady Karen et moi-même. Enfin, je vous confirme que j'ai donné ordre à ma banque de verser une somme aux parents de Mary Upton afin qu'ils soient à jamais à l'abri du besoin. Cela dit, le solde restant de ce quart de mes biens sera versé à la recherche sur le cancer. Telles sont mes dernières volontés. Je vous remercie d'avoir eu la patience de m'écouter.

Ayant terminé son discours, il s'assit et acheva posément son verre. Les autres convives ne savaient quelle contenance adopter. Enfin, Sticker se leva et prit la parole d'une voix blanche :

– My lord, je serai le porte-parole de cette assemblée pour vous présenter nos vœux car, contrairement à ce que vous pensez, nous ne doutons pas que vos médecins parviendront à vous guérir et que nous aurons le bonheur de vous garder longtemps encore parmi nous.

Cette petite intervention dégela un peu l'atmosphère. Chacun y alla de son compliment, mais sir Malcolm remarqua que l'enthousiasme n'y était pas. Comment aurait-il pu en être autrement ? Lady Karen se leva, fit le tour de la table et alla embrasser son époux avec tendresse. Ce n'était plus la femme gâtée de l'après-midi, mais une épouse aimante tentant de venir en aide à son mari en un moment particulièrement difficile. Ce nouveau comportement révélait-il le vrai caractère de cette femme aux réactions si contradictoires ?

Tycoon se dressa à son tour et, d'un trait, comme s'il était au théâtre, déclama :

– « Immense est la noblesse de celui qui fixe la mort de ses yeux grands ouverts. Il quittera le monde sur un nuage très blanc et sera accueilli par une myriade d'anges qui lui ressembleront. »

Dans le silence, Andrea Pendleton fut la seule à applaudir, ce qui parut singulièrement déplacé, mais l'artiste peintre ne sembla pas avoir conscience de sa maladresse.

Lord Terence, accompagné par lady Karen, gagna lentement la sortie, comme à l'issue d'un effort qui l'aurait épuisé. Couple étrange ! Lord Malcolm ne parvenait pas à saisir la réalité de leur union qui, pourtant, paraissait évidente. L'épouse avait-elle ensorcelé le millionnaire grâce à sa beauté ? Sous son aspect folâtre, ne cachait-elle pas une âme retorse ? Hamilton avait-il été dupe ?

En tout état de cause, la veuve empocherait non seulement la moitié de la fortune, mais elle gérerait durant toute sa vie et à sa guise la part du fils ! On pouvait comprendre la stupeur et l'irritation du jeune homme.

Lord Terence avait décidé de changer les termes de son testament. Il n'en avait pas donné la raison, mais on pouvait penser que l'avancement de sa maladie en était la cause. Restait à savoir en quoi ces nouvelles dispositions différaient des précédentes. Et pourquoi annoncer ce changement la veille de l'enregistrement officiel du testament ? Il eût été plus logique d'attendre le lendemain la venue du notaire. À moins que le lord ait agi ainsi par égard pour ses familiers, mais cela n'avait pas grand sens.

Et lui, Ivory, que venait-il faire dans cette histoire ? Certes, raisonnablement, Hamilton ne pouvait deviner que le meurtre de Mary Upton allait avoir lieu. En revanche, il savait pertinemment qu'il allait annoncer ses dernières volontés à ses proches le soir même de l'arrivée de sir Malcolm. Était-ce la véritable raison de cette invitation ? Mais pourquoi fallait-il qu'il assistât à ce curieux cérémonial ? Le lord avait-il besoin de son témoignage ?

Les convives se dispersèrent peu à peu, les uns gagnant leur chambre, les autres se rendant dans le parc pour goûter à la fraîcheur du soir. Ivory en profita pour demeurer seul et téléphoner à son vieil ami le superintendant Douglas Forbes qui, à cette heure, devait avoir quitté Scotland Yard et être arrivé chez lui.

– Sir, j'attendais votre coup de téléphone. J'ai recueilli les renseignements que vous désiriez connaître. Mais quelle chaleur ! Ici, à Londres, on se croirait au mois d'août ! Mon épouse pense que c'est à cause du réchauffement de la planète dû aux pots d'échappement des voitures et aux industries américaines.

– Douglas, vous deviez me parler de lord Terence Hamilton.

– Ah, pardonnez-moi ! Vous savez, votre Hamilton est un gros poisson. D'après la Banque d'Angleterre, sa fortune équivaut grosso modo à six cents millions de livres sterling, réparties en actions, en obligations et en placements immobiliers en Angleterre et en France. Il est à la tête de trois sociétés d'investissement et possède des parts importantes dans la banque Birdsley.

– Cette banque n'est-elle pas dirigée par un certain Sticker ?

– Leonard Sticker, un spécialiste des gestions boursières, confirma Forbes. En fait, Hamilton est né avec une cuillère en or dans la bouche. Son père était déjà un gros banquier de la City. Sa mère était la fille unique des agences immobilières Harrold. Vous voyez le processus…

– Vous êtes-vous renseigné sur l'épouse actuelle de lord Terence ?

– Une certaine Karen Ward ; elle a été reine de beauté dans son jeune âge, puis plus ou moins comédienne dans des théâtres de seconde zone comme le Chicken's Palace. Elle se nommait alors Karen Charleston. Figurez-vous que je l'ai vue jouer quand j'étais plus jeune. Une fille à couper le souffle ! Est-elle toujours aussi jolie ?

– Mieux que jolie, mon cher Douglas, mais ici les événements prennent un aspect que je n'aime pas du tout. À peine arrivé, je tombe sur un meurtre !

– Ça ne m'étonne pas de vous ! fit le superintendant.

– Ne plaisantez pas, Douglas. Je me demande si un autre n'est pas en train de se préparer.

Chapitre 12

La réaction du jeune Hamilton à l'énoncé des nouvelles dispositions de son père avait particulièrement ému sir Malcolm.

Aussi, dès qu'il eut achevé de téléphoner à Londres, alla-t-il interroger à son sujet Archibald Morgan qu'après quelques recherches il trouva dans les cuisines, vaste ensemble digne d'un restaurant, vide à cette heure, où le majordome s'était réfugié. Ivory le trouva en pleurs.

– Sa Seigneurie est un homme si généreux ! Pourquoi faut-il que cette sale maladie s'attaque à des hommes comme lui ?

– Y a-t-il longtemps que vous êtes à son service ?

– Près de trente ans, sir ! C'était quasiment ma première place de majordome. Avant, je n'étais que valet de chambre au service de sir Hannibal Sussex Duvernon.

– Je vous félicite, dit sir Malcolm. Le lord vous laisse un important témoignage de sa gratitude.

– Ah, sir, comment vous le dire sans paraître prétentieux ? Sa Seigneurie m'a toujours traité avec bonté, et je dirais même avec amitié. C'est pourquoi ma peine est immense, comprenez-le bien. Cette maison est toute ma famille, voyez-vous.

– N'avez-vous jamais été marié ?

– Mon épouse est décédée alors que j'étais encore au service de sir Hannibal Sussex Duvernon. Un accident. Et c'est moi qui ai élevé le fils qu'elle m'avait donné. Mais le temps passe, et si j'ai suivi lord Terence ici, mon fils, lui, est resté à Londres. Or, vous savez comment sont les jeunes. Ils oublient ce que l'on a fait pour eux. Ils vivent leur vie, et c'est normal, bien sûr, il ne faut pas être égoïste, mais pour un père, cette façon de ne donner aucune nouvelle est très douloureuse.

– Et quelles sont vos relations avec Robert, le fils Hamilton ?

Le vieil homme secoua la tête en faisant la grimace :

– C'est un garçon bien difficile, mais ses parents laissent faire, alors…

– À entendre lord Terence à la fin du repas, j'avais plutôt cru comprendre qu'il ne désirait pas confier à Robert la part d'héritage qui normalement devrait lui revenir…

– Il doit craindre qu'il dilapide tout en un clin d'œil, je suppose. Vous savez, Sa Seigneurie se confiait à moi quelquefois. Il me disait: «Je doute que mon fils ne s'intéresse jamais à quoi que ce soit. Il a vingt-cinq ans et il erre dans la vie comme un fantôme. Il ne s'accroche à rien. Peut-être aux voitures de sport, mais je n'en suis même pas certain. Il se lasse vite de tout et peut-être d'abord de lui-même.»

– N'a-t-il pas d'amis, de relations féminines?

– Des amitiés de bistrot qui lui soutirent de l'argent autant qu'ils le peuvent. Quant aux filles... Lorsque Mary Upton a été embauchée comme secrétaire, j'ai remarqué qu'elle plaisait à monsieur Robert. Mais elle ne s'apercevait de rien. Vous savez, cette jeune fille était merveilleuse et tout le monde ici l'a aussitôt adoptée, mais je crois qu'elle pensait plus à son travail qu'à s'amuser. Monsieur Robert ne devait pas être du tout son genre. Elle voyait bien qu'il était d'une nature évaporée.

– Savez-vous s'il a tenté de pousser plus loin ses relations avec Mary?

– Je n'étais pas toujours derrière eux, mais, hier soir, lors de la réception d'anniversaire, Mary tenait le buffet en ma compagnie. Brusquement, monsieur Robert s'est glissé derrière elle et a tenté de l'embrasser. Oh, rien de bien méchant... Mais vous auriez vu sa réaction! Elle s'est retournée et lui a lancé une de ces gifles ! Il est parti tout penaud. Remarquez que ça lui aura fait du bien. Ces petits messieurs se croient toujours tout permis.

– Et savez-vous où il a pu se rendre après avoir quitté la table ?

– Il a pris sa voiture et démarré comme une trombe. Je parie qu'il est à Deauville dans une de ces boîtes à la mode où il passe toutes ses nuits. C'est malheureux. Le fils d'un lord ! Pour moi, il tient du côté de sa mère.

– On dirait que vous n'appréciez guère lady Karen ! remarqua Ivory.

Morgan fit un geste de dénégation en s'écriant :

– Oh, je n'ai pas dit ça ! Je ne me permettrais pas ! C'est une personne qu'il faut connaître, et, en un sens, sa façon d'être la dessert. Lady Karen et Sa Seigneurie sont très liés. S'il lui confie la moitié de sa fortune et lui demande de gérer la part de leur fils, c'est qu'il a toute confiance en ses capacités. Et puis, bien sûr, lorsque Sa Seigneurie, hélas, nous aura quittés, sa veuve pourra s'appuyer sur Leonard Sticker, qui est un homme de bon conseil.

– C'est ce que j'ai cru comprendre, fit sir Malcolm avant de quitter le majordome.

Il rejoignit Wen Chang auquel il demanda d'avancer la limousine. Il désirait se rendre à Deauville afin de retrouver Robert Hamilton et de mieux comprendre qui était au juste ce jeune homme.

En chemin, il songea qu'il suivait le même trajet que Mary Upton dans sa petite Austin, la nuit de sa mort. Elle avait quitté Victoria Manor pour se rendre à Deauville. Arrivée là, le désir lui était venu de prendre un bain. À moins qu'elle n'ait rencontré quelqu'un qui le lui ait suggéré. Mais non, cette hypothèse ne tenait pas. Prude comme elle semblait l'avoir été, Mary n'aurait certainement pas accepté de se baigner en simple slip en compagnie d'une autre personne. Elle se croyait seule.

C'était au sortir de l'eau, à son retour vers sa serviette de bain, que l'assassin l'attendait.

Sir Malcolm imaginait la scène : Mary revenant vers les affaires qu'elle avait laissées sur le sable, l'apparition d'un homme ou d'une femme, plutôt un homme à cause du couteau et de la façon de s'en servir. Que fait une jeune fille surprise dans cette situation ? Il n'y a personne sur la plage. Elle ne peut appeler. Revenir vers le large ? Elle y sera acculée. Sans approcher, elle demande à l'intrus de la laisser, puis comme il ne bouge pas, elle force le ton. L'autre ricane peut-être. Elle croit deviner ses intentions. Après avoir été un instant paralysée par la peur, elle se met à courir. Elle fuit. Le sable ralentit son allure. Elle trébuche. L'individu la rattrape. Et là, que se passe-t-il ?

Sir Malcolm croit entendre la jeune fille crier : « Laissez-moi ! Je vous en prie ! Laissez-moi ! »

La commissaire Duvalier avait affirmé qu'il n'y avait pas eu viol et que l'on n'avait pas relevé de traces de lutte. Pourtant, Mary s'est sûrement débattue. Elle hurle de plus en plus fort. On risque de l'entendre. L'autre veut la faire taire. Plaque-t-il violemment sa main contre la bouche de sa victime ? Non, puisque aucune ecchymose n'a été relevée. La commissaire avait déclaré : « C'est comme si le meurtrier l'avait frappée immédiatement. » Autrement dit, tout s'est déroulé en très peu de temps. Dès qu'il a rejoint la jeune fille, il sort son couteau et la tue. Va-t-il s'enfuir ? Non, pas encore. Dans un premier temps, il tente de la rhabiller, mais si maladroitement qu'il finit par y renoncer. Comportement étrange ! Pourquoi a-t-il agi ainsi ? Un inconnu n'aurait même pas eu l'idée d'un tel geste. Et un familier ? Quel sentiment ou quelle ruse l'auraient poussé à remettre sa robe au cadavre ? La réponse à cette question – sir Malcolm en était certain – permettrait de connaître l'identité de l'assassin.

Chapitre 13

Après avoir visité les quelques clubs de la ville, sir Malcolm retrouva Robert Hamilton au bar de l'hôtel *Normandy*, rue Jean-Mermoz. C'était un lieu particulièrement huppé, situé à deux pas du casino, qui, extérieurement, possédait tout le charme des belles demeures anglo-normandes.

Le jeune homme, accoudé au bar, semblait méditer sur ses fins dernières en compagnie d'une bouteille de whisky aux trois quarts vide. À en juger par sa chevelure en bataille, sa cravate dénouée et son regard abattu, il tentait de noyer son amertume comme il le pouvait, et ce ne devait pas être très facile ! À cette heure tardive, il ne restait plus aucun autre client. Ivory prit place sur un haut tabouret près du mélancolique buveur et commanda un vieux calvados, pensant que c'eût été un crime de ne pas goûter à l'alcool du cru.

– Nous fermons dans une demi-heure, annonça le barman.

Robert finit par prendre conscience d'une présence à ses côtés.

– Ah, fit-il d'une voix pâteuse, je sais qui vous êtes. Un des multiples amants de madame ma mère, je suppose... Eh bien, trinquons ! J'enterre mon père et ma vie de garçon. D'une pierre deux coups ! Pas mal, non ?

– Peut-être enterrez-vous aussi Mary Upton... suggéra sir Malcolm.

Le visage de Robert se crispa. Il demeura silencieux un instant, puis il dit simplement :

– C'était une chouette fille.

– Je suis certain que vous souhaitez l'arrestation de son assassin, assura Ivory en surveillant la réaction du jeune homme.

Ce dernier hocha la tête, fit une grimace de dégoût, puis, après avoir vidé son verre, s'écria :

– On ne le trouvera jamais !

– Et pourquoi donc ?

– Trop d'argent, trop de manigances, trop de crabes aux pinces d'or ! Hé, hé ! Elle ne pesait pas lourd dans la balance, la petite Mary ! Et vous, à quoi ça peut vous servir de fouiner comme vous le faites ? Voulez-vous aussi la part du magot ? Hein, vous les avez vus, tous ces métèques ? Des vampires déguisés en roses trémières ! Un petit million par-ci, un petit million par-là. Et pour moi, le fils adoré, lord Hamilton Junior en personne, tintin larirette ! Allez vous faire voir chez les Grecs ! Charmant jeune homme, vous n'êtes qu'un paltoquet ! Votre chère maman prendra soin de vous durant des milliers d'années, et d'ailleurs on espère bien que vous crèverez avant elle ! Comme ça, elle pourra se faire enterrer dans un linceul doré, un cercueil en diamant et les gardes à cheval de Sa Majesté pour l'escorter !

Il avait beau dire n'importe quoi, son délire verbal révélait le fond de sa pensée.

– Savez-vous pourquoi votre père a décidé de changer les termes de son testament ? demanda sir Malcolm sans trop s'attendre à une réponse sensée.

– La carambouille ! Qu'est-ce que vous croyez ? Mon père… Un aristocrate mirifique, n'est-ce pas ? Il touche une crotte et ça devient de l'or ! La preuve : la petite Karen de rien du tout. On lui aurait donné un penny à la sortie du temple. Et pouf ! baguette magique ! Le maestro Hamilton a frappé. À présent et à jamais, je vous présente la grande Karen. Que dis-je ? L'immense Karen ! Ses pieds s'enracinent dans la terre de Cornouailles et sa tête fend les nuages, touche au ciel ! Je vais vous le dire : cet homme-là, j'aurais dû le tuer…

Robert se mit à bredouiller en s'affalant sur le comptoir. Sir Malcolm voulut régler sa consommation, mais le barman refusa.

– Je mettrai tout sur le compte de lord Hamilton. Comme d'habitude.

– Robert vient-il ici souvent ? demanda Ivory.

– Les jours de déprime… Mais le lord lui-même et lady Karen sont de fidèles clients de notre restaurant, ainsi que leur ami, le banquier Sticker. La comptabilité leur fait parvenir la facture à la fin de chaque mois. C'est une entente avec la direction. Quant à la Ford de M. Robert, ne vous inquiétez pas. Je la parquerai dans le garage de l'hôtel. C'est l'usage lorsque quelqu'un vient le rechercher.

– Parce qu'on vient le rechercher ? s'étonna sir Malcolm.

– Lorsqu'il est dans un état… enfin, vous voyez ? Bref, je téléphone à Victoria Manor et quelqu'un vient, comme vous aujourd'hui.

– Et qui vient d'habitude ?

– Le majordome, un vieux monsieur très gentil, un nommé Morgan. Il me laisse toujours un bon pourboire. Parfois, c'est lady Karen en personne – une femme extraordinaire, soit dit en passant. Mais elle, elle est plutôt radin.

Robert était toujours affalé sur le comptoir du bar et semblait commencer sa nuit. Cependant, dès que sir Malcolm, aidé par le barman, voulut le relever pour le mener à la limousine, il se redressa vivement et s'écria :

– À l'abordage ! Messieurs, nous allons fêter cette mémorable soirée. Je vous invite chez Gustin.

Le barman expliqua :

– C'est un bar du côté des planches, en face de la rue Barrière. À cette heure-là, il est fermé.

Wen Chang, qui durant tout ce temps s'était assoupi dans la voiture, prit le relais du barman pour installer Robert sur la banquette arrière. Mais lorsqu'on voulut l'étendre, le jeune homme protesta, disant qu'il n'était plus un enfant. Il lui fallait à tout prix se rendre chez Gustin. Cet établissement, soudain, lui paraissait un havre indispensable. Sir Malcolm, voyant cet entêtement, accepta de l'y conduire.

Le bar était effectivement fermé. Robert, pourtant, voulut descendre de voiture. Il s'approcha de la porte d'entrée et, de son poing, tambourina contre la vitre en criant :

– Cabaretier ! C'est moi ! Ouvrez !

Se rendant enfin compte que personne ne viendrait lui ouvrir, il se retourna et déclara :

– Ils sont tous morts et enterrés. Quelle belle fournée !

Puis, titubant, il avança en direction des Planches. Contournant les guérites de la société des Bains de mer, il fit encore quelques pas avant de s'arrêter. On le vit alors pointer un doigt vers la plage et s'écrier d'une voix rauque :

– C'est ici que la charmante Mary a été lâchement assassinée.

Après quoi il tourna sur lui-même et s'effondra lourdement sur le sol.

Chapitre 14

Sir Malcolm regagna sa chambre vers 3 heures du matin. En revenant de Deauville, le crissement des pneus de la limousine sur le gravier avait dû réveiller Archibald Morgan car, lorsque Wen Chang s'avança vers le portail d'entrée en soutenant Robert, le majordome apparut. Il avait jeté à la hâte un imperméable sur son pyjama.

– Laissez, dit-il en prenant en charge le jeune homme. Je m'occupe de lui. Il est léger, et puis j'ai l'habitude.

Sir Malcolm demanda :

– La nuit dernière, à quelle heure est-il rentré ?

Morgan parut hésiter, avant de répondre :

– M. Robert, après le départ des invités, n'est pas sorti. Du moins, c'est ce que je crois.

– S'il l'avait fait, vous auriez entendu sa voiture partir et, plus tard, revenir, n'est-ce pas ?

– Sans doute. Par bonheur, il m'arrive de ne pas toujours me réveiller lorsqu'une voiture entre ou sort du domaine.

– N'aviez-vous pas entendu, hier, l'Austin de Mary quitter le manoir ?

– Si, effectivement. Nous venions de débarrasser le buffet. Je n'étais pas encore couché. Mais, si vous le permettez, sir, je vais mettre M. Robert dans son lit.

Ivory avait remercié Wen Chang et était monté dans sa chambre. À peine venait-il d'y entrer que l'on frappa à sa porte avec insistance. C'était Andrea Pendleton en bigoudis, dans une robe de chambre du plus beau violet. Elle paraissait affolée.

– Ah, sir, quelle horreur ! Je les entends ! Je vous dis que je les entends !

– Remettez-vous ! Et expliquez-moi. Qui entendez-vous donc ?

– Mais les spectres ! Ils traînent des chaînes sous mes fenêtres !

– Vous devriez fermer vos volets, suggéra sir Malcolm.

– Vous croyez ? J'aime tellement la lumière bénéfique de la lune.

– Les fantômes l'apprécient peut-être autant que vous.

Elle eut l'air de réfléchir, puis elle dit :

– Oui, vous avez raison. C'est possible. Pourquoi ces pauvres âmes n'auraient-elles pas des sentiments artistiques comme vous et moi ? D'ailleurs, je me demande parfois si elles ne souhaitent pas que je fasse leur portrait. Un portrait extra-lucide ! Vous imaginez les titres des journaux ! « La grande Pendleton a réussi à peindre l'au-delà. » Après cela, la reine devrait sûrement me distinguer, ne croyez-vous pas ?

Était-elle démente, gâteuse, ou était-ce une mystificatrice ?

– Madame, dit sir Malcolm, il se fait tard et j'ai eu une longue journée.

– Passionnante, inoubliable journée ! s'exclama la vieille dame. Avez-vous vu la montre que lord Terence m'a donnée ? Certes, c'était pour s'excuser, mais surtout, soit dit entre nous, c'était en souvenir de notre jeunesse. Quelles heures nous avons vécues en ces journées d'inestimable bonheur ! Nous étions quelques-uns à partager un atelier à Cheyne Walk, dans le meilleur coin de Chelsea. De là-haut, on voyait les péniches sur la Tamise. Et moi, je peignais ! Je peignais ! J'avais beaucoup de charme à cette époque !

– Chère madame, je n'en doute pas, mais je suis rompu.

– Remarquez, reprit de plus belle Andrea Pendleton, remarquez que Terence, dans ces années-là, n'était pas encore un lord, mais c'était déjà un grand seigneur. L'art, la poésie, c'était toute sa vie, mais vous savez comment vont les choses... Nous allions manger dans un petit restaurant à côté de Crosby Hall, et même qu'un jour...

Sir Malcolm n'en pouvait plus : au mépris de sa légendaire courtoisie, il referma la porte au nez de l'intarissable bavarde. Depuis son arrivée à Victoria Manor, les événements s'étaient accumulés : l'annonce du meurtre de Mary Upton, les rencontres insolites avec les familiers du lord et, en particulier, lady Karen, une femme à la somptueuse beauté, la déclaration inattendue d'Hamilton au sujet de son testament, la fin de soirée mouvementée en compagnie de Robert. Mais au-delà de toutes ces images s'imposait celle de cette jeune femme, la commissaire Duvalier, ses cheveux taillés court, son sourire malicieux. Un superintendant femme !...

Ivory dormit d'un sommeil agité. Il n'aurait jamais dû accepter l'invitation du lord ; il se sentait pris à présent dans un engrenage dont il n'appréhendait pas le mécanisme. L'exemplaire du *Château des Trente* comprenant la fameuse page 32 existait-il seulement ? Il pressentait qu'Hamilton l'avait appâté avec un livre imaginaire et il s'en voulait de sa naïveté.

Un brusque remue-ménage réveilla sir Malcolm. Il faisait jour. On courait dans le couloir. On frappait à coups redoublés à sa porte. Était-ce encore la Pendleton ?

– Sir ! C'est terrible ! Il est arrivé quelque chose !

C'était la voix du majordome, une voix étouffée par l'angoisse. Ivory se leva précipitamment et alla ouvrir. Morgan se tenait debout dans le couloir, blême, tremblant de tout son corps. Il parut avoir le plus grand mal à respirer, puis il lança dans un souffle :

– Sir ! Venez vite ! C'est abominable ! Sa Seigneurie est décédée !

Chapitre 15

Lord Terence reposait sur un lit à baldaquin au centre d'une chambre tendue de tapisseries d'Aubusson. Il avait trouvé la mort dans son sommeil, comme en témoignait son visage apaisé.

– Avez-vous prévenu un médecin ? demanda sir Malcolm au majordome qui tentait de refouler ses larmes.

– Immédiatement, sir.

– Et la police ?

Morgan s'étonna :

– La police ? Sa Seigneurie souffrait d'un cancer, sir...

– Ne trouvez-vous pas curieux que cette mort ait lieu le lendemain de l'annonce de son nouveau testament et avant l'arrivée du notaire ?

– Évidemment... Je comprends, sir, mais il conviendrait que j'aille au préalable avertir lady

Karen. Je ne sais comment faire… C'est tellement brutal. Un homme si bon !

Le regard de sir Malcolm s'arrêta sur la table de nuit où se trouvaient une carafe d'eau, un verre vide et deux flacons. Il s'agissait d'un léger somnifère et d'un calmant. Quelqu'un avait-il ajouté un poison dans l'eau ou dans l'un des deux médicaments ? En se penchant sur les lèvres du défunt, Ivory ne sentit aucune odeur suspecte.

Lady Karen entra dans la chambre comme une furie.

– Qu'est-ce qu'on me raconte ? C'est une plaisanterie !

Elle portait une chemise de nuit transparente qui ne cachait rien de son corps et avait négligé de se couvrir d'une robe de chambre. Lorsqu'elle approcha du lit, elle poussa un cri et porta vivement les mains à hauteur de ses yeux. Reculant comme sous l'effet d'une gifle, elle se figea un instant avant de se précipiter vers le lit et d'étreindre le cadavre en laissant échapper de longs sanglots.

Tout se déroula ensuite très vite. Le médecin arriva. C'était un praticien de Villers-sur-Mer. Il ne connaissait pas Hamilton, ausculta le corps selon les règles et déclara que la mort était due à une embolie. À la demande d'Ivory, il expliqua que le calmant était très léger, « comme on en prescrit pour soulager des courbatures, par exemple ».

– Il avait un cancer assez avancé, expliqua lady Karen d'une voix sourde, mais je ne pensais pas qu'il souffrait ni que sa fin serait si rapide. Hier encore, il plaisantait au bar de la piscine en nous préparant des cocktails. Oh, mon Dieu, c'est affreux !

Elle cacha ses larmes dans le mouchoir que lui tendit sir Malcolm.

– Il faudrait peut-être prévenir M. Robert, proposa Morgan.

– Non, non ! Pas tout de suite ! Laissez-le se reposer. Il apprendra bien assez vite l'horrible nouvelle !

Andrea Pendelton et Apolonius Tycoon se tenaient silencieux sur le pas de la porte, n'osant pénétrer. La portraitiste portait un déshabillé à ramages avec de vastes manches qui relevait de la toge et du kimono. Le poète, lui, était demeuré en pyjama et gardait un bonnet de nuit sur sa tête de vieux poulet déplumé.

– My lady, conseilla Ivory, vous devriez appeler la police, ne serait-ce que pour dresser un constat.

– Un constat ?

– On pourrait vous reprocher plus tard de ne l'avoir pas fait, insista-t-il.

Elle parut comprendre.

– Voulez-vous vous en occuper ? demanda-t-elle. Je suis anéantie. Parce que, enfin, Terence avait beau parler de sa disparition, il était en pleine forme. On ne meurt pas comme ça ! C'est trop absurde !

Le médecin prit congé après avoir signé sur un coin de table une autorisation d'inhumer. Pour lui, le décès ne présentait aucun signe suspect. D'ailleurs, il était pressé. Il devait procéder à un accouchement.

Moins d'une demi-heure plus tard, la commissaire Duvalier arriva, accompagnée d'un inspecteur. Elle présenta ses condoléances, prit connaissance de l'autorisation du médecin, considéra le corps durant un moment, puis, se tournant vers sir Malcolm, demanda :

– Et qu'en pense Scotland Yard ?

– Je ne sais ce que Scotland Yard en penserait. Mais moi, je trouve que deux morts de la même maisonnée en moins de quarante-huit heures, cela fait beaucoup !

Il expliqua les événements du dîner en insistant sur le fait qu'Hamilton avait annoncé pour ce matin même la rédaction d'une nouvelle version de ses dernières volontés.

– Eh bien, fit la commissaire, nous allons attendre l'arrivée du notaire. Il faudra bien qu'il nous dise quelles étaient les dispositions du premier testament. Cela nous éclairera peut-être. En attendant, je vais ordonner la venue de notre médecin légiste.

Lady Karen poussa de hauts cris :

– Mais vous n'y pensez pas ! Qu'est-ce que ça signifie ?

– Cela signifie, dit la commissaire, que le décès de votre mari nous paraît suspect.

– Suspect ? Ah, sir Malcolm, vous qui êtes un homme sensé, dites à cette personne qu'elle s'égare complètement !

– My lady, il faut se rendre à l'évidence, expliqua Ivory. Comme vous l'avez remarqué, votre mari était hier dans un état tout à fait normal. Il souffrait, certes, d'une longue maladie, mais elle était loin d'être arrivée à son terme. On ne meurt pas ainsi d'un cancer, sachez-le.

– Oui, je veux bien l'admettre, mais alors, que s'est-il vraiment passé ?

– Pardonnez ma franchise, répondit sir Malcolm. Cela signifie que lord Terence a absorbé un produit qui a entraîné son décès durant son sommeil. Soit il s'est volontairement donné la mort, soit quelqu'un l'a empoisonné !

– Jamais Terence ne se serait suicidé ! s'exclama-t-elle.

– De toute façon, dit la commissaire, nous allons faire analyser l'eau et les médicaments qui sont sur la table de nuit. Quant au médecin légiste, c'est lui qui décidera si nous en restons à l'autorisation d'inhumer ou si nous déclenchons un complément d'enquête diligenté par le juge d'instruction.

Lady Karen paraissait complètement dépassée par ce qui se déroulait autour d'elle. Néanmoins, elle s'efforçait de surmonter les sentiments et les émotions qui devaient la submerger. Après un dernier regard au corps de son époux, elle s'apprêtait à sortir lorsqu'elle se heurta à Andrea Pendleton et à Tycoon qui stationnaient dans le couloir. Elle s'écria avec colère :

– Eh vous, là, qu'est-ce que vous attendez ? Vous voyez bien que votre bienfaiteur est mort ! Rester plantés comme des ifs n'y changera rien !

Ils tentèrent de protester, mais elle avait déjà regagné sa chambre afin de se changer. On vit alors Andrea Pendleton traverser la pièce et se jeter pratiquement sur le lit mortuaire en poussant de gros sanglots, après quoi elle s'éloigna en gémissant.

– Lady Karen est une sacrée femme, remarqua la commissaire Duvalier.

– Plus que vous ne croyez ! Depuis mon arrivée, je ne cesse de l'observer et je n'arrive pas à savoir qui elle est vraiment. J'ai appris qu'avant son mariage, elle était actrice. Aimait-elle vraiment Hamilton ou n'a-t-elle été attirée que par sa fortune ? Ils avaient vingt ans de différence.

– Elle lui a donné un fils.

– Et quel fils ! Peut-être le décès de son père va-t-il le faire réfléchir. Pour l'instant, ce n'est qu'une coquille vide.

C'est alors que Morgan annonça l'arrivée de maître Gordon, du célèbre cabinet Smith et Gordon de Londres.

Chapitre 16

Maître Gordon fut reçu dans le grand salon. C'était un sexagénaire à la chevelure rare et aux sourcils épais, portant redingote et souliers vernis. Morgan l'introduisit avec beaucoup de solennité auprès de lady Karen qui avait revêtu une sobre robe noire rehaussée par un magnifique collier de perles.

– Maître, dit-elle, vous arrivez en un bien cruel moment. Je dois vous annoncer avec tristesse le décès de lord Terence Hamilton, mon mari.

Le notaire fut stupéfait et bredouilla des condoléances tout en cherchant un fauteuil pour s'y asseoir.

– Je croyais venir, dit-il, pour la signature d'un nouveau testament, mais les circonstances... Vraiment, je suis confus et ne sais que penser.

– Mon mari n'étant plus des nôtres, il est évident que ce nouveau testament ne pourra être signé et que, par conséquent, il devient sans objet.

– C'est exact, acquiesça maître Gordon. Encore me faut-il l'avis officiel du décès de lord Hamilton.

Lady Karen lui confia l'autorisation d'inhumer qu'elle avait eu soin d'apporter.

– Eh bien, fit le notaire, j'ignore quelles sont les règles en droit français, mais nous sommes ici en Angleterre, en quelque sorte. Le testament que lord Hamilton avait rédigé et signé dans notre étude il y a deux ans doit être considéré comme le seul valable. Néanmoins, il serait bon que les différentes personnes considérées soient présentes lors de l'ouverture du document. Je l'ai, en effet, apporté, croyant le rendre à Sa Seigneurie pour qu'il en dispose à sa guise. Hélas, il en va tout autrement à présent.

– En effet, dit lady Karen. Je connais la teneur de cet ancien testament. Morgan, veuillez aller prévenir Mme Pendleton ainsi que MM. Sticker et Tycoon afin qu'ils nous rejoignent. Moi, si vous le permettez, je vais chercher Robert, notre fils, qui ignore encore la disparition de son père.

Elle parlait avec l'aisance d'une femme mondaine expliquant à ses hôtes les prochaines réjouissances d'une kermesse.

Dès que lady Karen fut sortie, la commissaire Duvalier prit la parole.

– Maître, il se peut que la cause du décès de lord Hamilton ne soit pas naturelle. Existerait-il un empêchement légal s'il s'avérait qu'il a été assassiné ?

Le notaire s'essuya le front avec sa pochette et balbutia :

– Un assassinat ! Mon Dieu, que l'on nous préserve d'un scandale pareil ! Mais, oui, évidemment, si meurtrier il y a, il ne pourra toucher sa part prévue dans le testament.

– Et à qui reviendrait cette part ? demanda sir Malcolm.

– Elle serait partagée entre les autres bénéficiaires après imputation d'une substantielle amende qui reviendrait au Trésor de Sa Majesté. Cependant, je ne veux même pas envisager semblable horreur. Ce serait très incorrect.

La commissaire ne put s'empêcher de sourire à ce « très incorrect » qu'elle trouva « furieusement british » !

Peu à peu, les familiers se présentèrent. Ce fut d'abord Andrea Pendleton, en larmes, assurant qu'elle vivait là le jour le plus cruel de sa vie. Sir Malcolm nota qu'elle n'en portait pas moins la montre-bracelet de chez Cartier. Leonard Sticker, lui, se drapait dans sa dignité, prononçant des phrases définitives telles que « la vie d'un homme d'honneur demeure à jamais inscrite dans les mémoires ». Quant à Apolonius Tycoon, on eût dit qu'il allait lui-même trépasser tant son teint était jaune et ses traits effondrés. Tous prirent place dans des fauteuils en jetant des coups d'œil inquiets en direction de la commissaire.

Enfin, lady Karen revint avec son fils. Le nouveau lord faisait peine à voir. On venait de le tirer d'un lourd sommeil et sans doute n'avait-il pas encore cuvé tout l'alcool de la nuit. Les paupières gonflées, les cheveux emmêlés, l'œil hagard, il avança comme un somnambule et se jeta sur le premier fauteuil venu.

– Maître Gordon, dit la veuve, vous pouvez procéder.

Jamais Ivory ne l'avait vue aussi belle, aussi sûre d'elle-même. Le notaire ouvrit sa serviette, fouilla dans ses papiers et en sortit une enveloppe scellée qu'il montra à l'assistance.

– Voici les dernières volontés de Sa Seigneurie lord Terence Hamilton telles qu'elle les a exprimées en notre étude il y a deux ans. Veuillez bien constater que les cachets de cire sont intacts et que la signature portée au revers est bien celle du testateur.

Lady Karen, au nom de tous, vérifia rapidement l'intégrité du document. Cela fait, maître Gordon, à l'aide d'un coupe-papier en or qu'il sortit d'une poche intérieure de sa redingote, ouvrit minutieusement le testament, en sortit une feuille pliée en quatre qu'il déplia et commença à lire :

– « Telles sont mes dernières volontés. À la date de mon décès, je désigne comme exécuteur testamentaire mon ami et collaborateur Leonard Sticker, à charge pour lui d'évaluer la totalité de mes biens et de les répartir comme suit : je lègue à mon épouse légale Karen, née Ward, soixante pour cent de ma fortune, les quarante pour cent restants allant à mon fils unique Robert. Pour le dédommager de sa peine, Leonard Sticker recevra cent cinquante mille livres sterling. Cent cinquante mille livres iront à mon fidèle majordome et ami Archibald Morgan. Une rente mensuelle de dix mille livres sera versée à mon vieux compère Apolonius Tycoon jusqu'à la fin de ses jours sous condition qu'il achève enfin sa grande œuvre poétique. Andrea Pendleton, l'admirable artiste, ma compagne des premiers jours, gardera les joyaux que je lui ai offerts et qui sont répertoriés à son nom aux Assurances Cleff et Vendeuvre. Fait à Londres, ce 27 mai 19.. »

Durant cette lecture, sir Malcolm et la commissaire Duvalier n'avaient pas quitté des yeux le visage des uns et des autres. Ils étaient tous demeurés impassibles. Robert, lui, s'était rendormi.

Peu à peu, les familiers regagnèrent leur chambre. Lady Karen s'excusa auprès du notaire. Elle ne pouvait décemment l'inviter à déjeuner le jour du décès de son mari. Maître Gordon reprit donc la route pour Ouistreham et le ferry-boat sans autre forme de procès. Ni la commissaire, ni Ivory n'avaient cru nécessaire de l'interroger. En revanche, d'un tacite accord, ils décidèrent de se rendre dans un petit restaurant comme il s'en trouve le long des planches de Deauville. Il leur fallait mettre un peu d'ordre dans leurs idées, persuadés comme ils l'étaient l'un et l'autre que lord Terence avait été empoisonné. D'ailleurs, en sortant, ils croisèrent le docteur Gambier, le médecin légiste, qui se rendait à la chambre du défunt.

Chapitre 17

Pour le déjeuner, la commissaire Duvalier avait choisi le bar-brasserie de la Mer qui offrait une terrasse couverte et climatisée fort agréable en ce torride mois de juin. Sir Malcolm tint à goûter en apéritif au cidre brut tandis que la jeune femme se contentait d'un jus de tomate. Malgré les circonstances, Ivory se sentait brusquement heureux d'être là, un peu comme s'il se trouvait en vacances. Sans doute la présence de la jeune femme y était-elle pour quelque chose !

– Eh bien, commissaire, fit-il d'un air enjoué, nous voilà à présent devant un double problème !

Elle eut un charmant sourire.

– Sir, appelez-moi Liliane. Ça fera moins administratif !

– À condition que vous cessiez de m'appeler sir…

– Je n'oserais jamais !

– Alors je vous appellerai mademoiselle Lili !

– Oh, Malcolm, j'ai horreur de ce diminutif !

Ils rirent tous les deux et trinquèrent. La glace entre eux était brisée. Ils commandèrent un loup au fenouil arrosé d'un sauvignon bien frais. Elle demanda s'il connaissait la région. Il évoqua son enfance, ses séjours en Normandie avec sa mère. Elle raconta comment, à six ans, elle était tombée amoureuse de Richard Cœur de Lion. Il parla de Flaubert dont il avait lu à la High School *Madame Bovary* en français. Elle vanta la beauté de la roseraie du parc de Caen au nom charmant : la colline aux oiseaux.

Elle adorait les fleurs. Il décrivit la collection d'orchidées qu'il cultivait à Falcon Manor, d'où l'on dériva sur l'élevage du faucon, puis des pigeons, ce qui permit à Liliane de décrire le pigeonnier du château de Vascœil avec son système d'échelle tournante… Bref, on arriva à la tarte aux pommes sans avoir eu le temps de penser aux Hamilton !

Ce fut la commissaire qui y revint.

– Plus j'y pense, plus je suis persuadée que Mary Upton a été poignardée par l'une de ses connaissances. Un familier de Victoria Manor aura suivi sa voiture. C'est pourquoi j'ai fait relever toutes les empreintes de pneus tout autour du bar *Chez Gustin* où l'on a retrouvé l'Austin, mais ça n'a rien donné. Il y en a trop !

– Morgan, le majordome, assure qu'il n'a entendu, cette nuit-là, que le démarrage de la voiture de Mary.

– Son témoignage est-il fiable ?

– Peut-être pas. Il prétend que Robert n'a pas quitté le manoir après le départ des invités. Il serait bon de vérifier si on ne l'a pas vu traîner dans quelque bar à ces heures tardives.

– C'est déjà fait. Ses compagnons habituels de beuverie ne l'ont pas aperçu cette nuit-là.

– Il est possible qu'il se soit rendu au bar du *Normandy* et que le barman se soit tu. Les Hamilton sont de gros clients et ils savent distribuer de bons pourboires.

– Oui, reconnut Liliane, je connais André, ce barman. C'est un garçon honnête, prêt à rendre service. D'ailleurs, tout le personnel du *Normandy* est trié sur le volet. Mais, évidemment, il peut couvrir quelqu'un sans y trouver malice.

– Et donc son témoignage n'est pas d'une solidité absolue, conclut sir Malcolm. Nous avançons sur un terrain miné. « La fortune coud bien des bouches », comme nous disons en Angleterre.

– En parlant de fortune, dit la jeune femme, quelles sont les différences entre le testament lu par le notaire et les volontés exprimées par Hamilton lors du fameux dîner ?

– La différence essentielle réside dans la distribution des parts, expliqua Ivory. Le testament écrit stipule soixante pour cent pour lady Karen et quarante pour cent pour le fils, alors que dans la version orale l'épouse ne touchait plus que cinquante pour cent et Robert vingt-cinq pour cent, étant entendu que sa part demeurerait gérée par sa mère jusqu'à sa mort.

– Une sacrée différence, en effet. À combien est évalué l'héritage ?

– Six cents millions de livres sterling !

La commissaire s'écria :

– On tuerait pour moins que ça ! Et donc Robert est le parfait suspect. Sa part est plus importante et il n'est plus sous la tutelle de sa mère.

– Exact, mais lady Karen gagne dix pour cent supplémentaires sur sa part. Avec de telles sommes, le moindre point équivaut à une fortune !

– Et qu'est-ce que cette histoire de bijoux qui revient de droit à Andrea Pendleton ?

– Cela m'intrigue autant que vous, avoua Ivory. Je me renseignerai. Il semble que lord Terence, dans sa jeunesse, fréquentait les artistes. Quels étaient ses rapports avec cette femme ? Elle est aujourd'hui complètement décrépite et absurde, mais jadis, qui était-elle réellement ? D'ailleurs, hier encore, Hamilton lui a offert une montre-bracelet de grande valeur. Pour s'excuser, disait-il. S'excuser de quoi ? Je vais approfondir cette question qui nous ouvrira peut-être de nouveaux horizons.

Liliane Duvalier regagna le commissariat, tandis que sir Malcolm revenait à Villers-sur-Mer. Décidément, la jeune commissaire lui plaisait bien. Certes, elle n'avait pas la beauté fracassante de lady Karen, mais sa joliesse s'accompagnait d'une réelle intelligence et d'un sens esthétique bien agréable.

Archibald Morgan vint lui ouvrir. Il avait les yeux rougis et montrait un visage catastrophé.

– Une bien rude journée, sir. La police fouille partout. Ces Français sont très incorrects, n'est-ce pas ?

– Et comment Robert réagit-il à ces événements ?

– Bah, je ne sais comment dire… C'est un drôle de garçon, voilà tout.

Ivory pénétra dans le hall.

– Ah, Morgan, je voulais vous demander : quelle est l'adresse du cancérologue de lord Terence ? La connaissez-vous ?

Le majordome se troubla.

– Le cancérologue… Ah, il me semble… Mais peut-être vaudrait-il mieux demander à lady Karen…

– Elle est assez perturbée comme cela. Je ne veux pas la troubler davantage, expliqua sir Malcolm.

– Alors, peut-être chez moi… Si vous permettez…

– Je vous accompagne.

Ils montèrent dans les étages. Au second, la chambre de Morgan se présentait comme un véritable petit appartement, cossu sans excès, et bien ordonné.

– Comme je crois vous l'avoir déjà dit, Sa Seigneurie était d'une grande générosité. Avec lui, j'ai perdu un maître merveilleux mais aussi, j'ose le prétendre, un ami. Mary Upton en avait été surprise. Quelques semaines après avoir été embauchée, elle m'avouait n'avoir jamais espéré trouver un emploi aussi agréable grâce à un patron aussi simple et aussi gentil. Oui, on peut le dire, c'est une perte irréparable.

Comme Morgan semblait vouloir converser, sir Malcolm en profita pour s'asseoir et demander :

– Je voudrais vous poser une question qui m'intrigue. Lord Hamilton a offert hier matin une montre-bracelet de grand prix à Andrea Pendleton. J'ai cru comprendre qu'il voulait ainsi s'excuser de quelque chose. Savez-vous de quoi ?

– Certainement de ce qui s'était passé le soir de l'anniversaire. Mme Pendleton venait d'offrir à Sa Seigneurie un portrait de son épouse qu'elle avait peint tout exprès. J'ignore ce qui s'est passé au juste, mais j'ai vu lady Karen se saisir d'un petit kriss malais qui était exposé au mur du salon et se précipiter sur la toile pour la déchirer. Elle l'a lacérée d'une bonne dizaine de coups, si bien que le tableau a été complètement saccagé. Le lendemain, Sa Seigneurie voulut sans doute offrir la montre-bracelet en réparation des dégâts subis.

– Ce portrait valait-il tant que ça ?

– Oh, sir, je n'y connais rien en peinture, mais, pardonnez-moi, je n'en aurais pas voulu pour un shilling !

– Et donc, ce tableau représentait lady Karen.

– Quelque chose comme ça !

– Qu'est-ce qui, dans ce portrait, pouvait donner lieu à un tel accès de rage ?

– Lady Karen devait s'y trouver trop laide, je suppose.

– Arrive-t-il qu'elle soit sujette à de telles colères ?

– Oh, vous savez, c'est une femme adulée. Ce qu'elle veut, elle l'obtient toujours. Comme on dit ici : il faut que ça passe ou que ça casse !

Chapitre 18

*T*andis que Morgan cherchait l'adresse dans un tiroir de son secrétaire, sir Malcolm, regardant autour de lui, aperçut une photo exposée dans un cadre. Elle représentait le majordome beaucoup plus jeune, avec des cheveux élégamment frisés, en compagnie d'une jeune femme plutôt jolie et d'un petit garçon.

– Ah, fit le majordome, c'était l'époque du bonheur. Peu de temps après, ma chère épouse allait disparaître. L'enfant est mon fils Albert, que j'ai élevé du mieux que j'ai pu en souvenir d'elle. Ce n'était guère facile et c'est sans doute la raison pour laquelle j'ai perdu mes beaux cheveux bouclés. J'étais le valet de sir Hannibal Sussex Duvernon, en ce temps-là.

– Je m'en souviens, dit sir Malcolm. Et votre fils ne vous donne guère de nouvelles, c'est bien cela ?

– Comme j'avais l'honneur de vous le dire, sir. Mais voici l'adresse du professeur Beltram. C'est lui qui suivait la maladie de Sa Seigneurie. Il paraît que c'est un grand ponte en qui on peut avoir toute confiance. Et pourtant... Que sommes-nous, pauvres humains ?

Ivory remarqua sur un petit rayonnage une boîte à pilules fort étrange. Elle était ronde, en métal, sans doute en argent, et portait sur son couvercle la tête de mort aux tibias entrecroisés signifiant « poison » ou « danger ». Il la prit, la secoua, la regarda de plus près et dit d'un air désinvolte :

– C'est une charmante petite boîte que vous avez là.

– Oui, fit Morgan. Elle appartenait à Sa Seigneurie qui me l'a donnée.

– Que contenait-elle ?

– Mon Dieu, je n'en sais rien. Je l'ai toujours connue vide. Mais, puis-je me permettre de vous demander, sir, pourquoi vous souhaitiez obtenir l'adresse du professeur Beltram ?

– Le décès du lord me paraît curieux. J'aimerais m'entretenir avec son cancérologue afin de connaître l'évolution réelle de sa maladie.

– Je comprends. À le voir, hier encore, et malgré la mort de Mary qui l'avait atteint, il ne paraissait pas le moins du monde amoindri. Je dirais même qu'il avait un comportement tout à fait normal. Évidemment, je connaissais la gravité de son cas. J'étais le seul avec lady Karen à être au courant. Ce qu'il craignait le plus était de ne pouvoir supporter la souffrance. On dit que c'est abominable et que rien, ou presque rien, ne peut en venir à bout. Dans ces conditions, mieux vaut peut-être la mort, ne croyez-vous pas ?

– S'il avait voulu mettre fin à ses jours, lord Terence aurait attendu d'avoir signé son testament.

– C'est vrai, reconnut le majordome. Peut-être l'idée de refaire son testament aura-t-elle tellement perturbé Sa Seigneurie que son état aura brusquement empiré.

Désirant téléphoner le plus vite possible au professeur Beltram, sir Malcolm abrégea la conversation avec le majordome et descendit dans le bureau du lord où se trouvait un appareil. Là, il se heurta à un inspecteur français : ce dernier lui apprit une nouvelle qui, sur le moment, le laissa perplexe.

– Sir, dit cet homme, la commissaire Duvalier m'a prié de vous tenir au courant d'une découverte que nous avons faite tout à l'heure.

– De quoi s'agit-il ?

– En fouillant dans la chambre de lord Hamilton, nous avons découvert sous son lit de mort, à peine cachée, l'arme qui a dû servir à assassiner Mary Upton. C'est une petite arme indigène très reconnaissable. Il s'agit d'un kriss malais et, tenez-vous bien, des traces de sang sont fort visibles sur la lame, comme si le meurtrier avait négligé de l'essuyer. Bref, nous l'avons remis au laboratoire à fin d'analyses, mais il y a fort à parier que nous tenons bien l'arme du crime.

– Sous le lit ? À peine cachée, dites-vous ?

– En effet, sir.

– Voilà qui est bien extraordinaire ! Comme si l'on voulait nous faire croire que l'assassin n'est autre que lord Terence et que, pris de remords, il s'était suicidé ! C'est cousu de fil blanc, comme on dit en français. Et les empreintes sur le manche de ce kriss ?

– Il n'y en a pas, sir.

– Évidemment ! On néglige d'essuyer la lame, mais on essuie méticuleusement le manche ! À moins que l'on ait, en plus, porté des gants, ce qui expliquerait que l'on n'a retrouvé aucune empreinte ni sur le lieu du crime ni sur les vêtements de la victime. Le meurtrier se joue de nous, mais qui croit-il tromper ? Scotland Yard ? La police française ? Ah, c'est trop fort !

Et, sous les yeux éberlués de l'inspecteur, il se saisit du téléphone pour appeler le cancérologue à Londres.

– Allô, mademoiselle, veuillez me passer le professeur Beltram, je vous prie.

– C'est qu'il est très occupé !

– Dites-lui que Scotland Yard l'appelle de toute urgence au sujet de son patient lord Terence Hamilton, qui vient de décéder.

Il y eut un profond silence au bout du fil, puis la secrétaire s'empressa :

– Je vais immédiatement prévenir le professeur.

Quelques instants plus tard, une voix de ténor se fit entendre.

– Ici Beltram. Que se passe-t-il ? On me dit que lord Terence serait décédé ?

– Je suis sir Malcolm Ivory, auxiliaire du Yard.

– Oui, je vous connais de réputation, mais c'est incroyable ! Aurait-il eu une hémorragie ?

– Non.

– Mais alors, de quoi est-il mort ?

– Pensez-vous, professeur, que ce puisse être de son cancer ?

La réponse fut instantanée.

– Certainement pas ! Lors de son dernier séjour à Londres, il y a huit jours, je l'ai examiné. Dans l'état de nos connaissances, la progression était inéluctable. Ni chimiothérapie, ni radiothérapie n'auraient pu stopper le processus. Je n'ai pas voulu l'ennuyer avec ça. Nous en avons parlé très franchement. C'était un homme extrêmement lucide, vous savez. Je lui ai annoncé qu'il lui restait au mieux une année à vivre. Mais disparaître si tôt ! Non, ce n'est pas la suite logique du cancer, j'en mets la main au feu.

– Vous évoquiez une hémorragie…

– Il peut arriver que les cellules malades, en rongeant les tissus, provoquent des saignements plus ou moins accentués, voire des vomissements, l'estomac étant gorgé de sang, mais notre malade n'en était pas du tout à ce point ! Non. Il s'est passé autre chose. Il faudrait être sur place pour comprendre...

– Le médecin légiste nous l'expliquera.

– Ah ! Il va y avoir une autopsie ! Pourrez-vous me tenir au courant ?

– Dès que ce sera possible, professeur.

– Quelle nouvelle vous m'apprenez là ! Sapristi, lord Terence est mort ! Je n'en reviens pas ! Un homme aussi plein de vie ne se suicide pas comme ça. Il attend la dernière limite, et ce n'était pas le cas.

– Pourquoi parlez-vous de suicide ?

– Heu... Une idée comme ça. Mais excusez-moi, j'ai des patients qui m'attendent. Mes compliments, sir Malcolm.

Et le professeur raccrocha.

Chapitre 19

*U*n peu plus tard, sir Malcolm appela Scotland Yard. Le superintendant Forbes l'accueillit en plaisantant :

– Alors, ces vacances chez Hamilton ?

– Ne riez pas, Douglas ! Lord Terence est mort empoisonné.

– Sapristi ! Vous me faites marcher…

– Hélas, pas le moins du monde, et je vais encore avoir recours à vos services. J'ai besoin de mieux connaître les rapports que, dans sa jeunesse, Hamilton entretenait avec les artistes de Chelsea que l'on nommait les « Fous de Cheyne Walk ». Appartenaient à ce groupe des gens comme le peintre Pendleton ou le poète Tycoon. Avez-vous bien noté ? Pendleton et Tycoon.

– Certainement, sir.

– Veuillez aussi vous renseigner auprès de Cleff et Vendeuvre au sujet de bijoux assurés chez eux appartenant à cette Mme Pendleton, dont le prénom est Andrea. Ces objets de grande valeur lui auraient été offerts par lord Terence. À quelles dates ont-ils été assurés ? Quelle est leur valeur actuelle ? Auraient-ils été gagés pour une raison ou pour une autre ?

– C'est noté.

– Enfin, j'aimerais mieux connaître un certain Archibald Morgan, actuellement majordome au domicile normand des Hamilton et qui était précédemment valet de chambre chez sir Hannibal Sussex Duvernon.

– L'ancien ministre…

– Exact. Vous devriez trouver assez facilement des renseignements sur ce Morgan : ses états de service, sa personnalité. Il a perdu son épouse dans un accident il y a une trentaine d'années et il a élevé seul son fils prénommé Albert, qui habite actuellement Londres. C'est tout ce que j'en sais.

– Je vais mettre Findley sur l'affaire.

Le lieutenant Findley était le second de Douglas Forbes. Sir Malcolm l'estimait particulièrement.

– Ah, tant que vous y êtes, reprit Ivory, vous pourriez fouiner un peu du côté de la banque Birdsley. Son directeur, Leonard Sticker, a été le conseiller financier du lord et il est, à présent, son exécuteur testamentaire. Je le crois célibataire, ou, peut-être, divorcé. J'aimerais savoir quels ont été par le passé ou quels sont actuellement ses rapports avec lady Karen, la veuve de lord Terence.

– C'est tout ?

– Pour aujourd'hui. Douglas, avec l'assassinat de Mary Upton et le décès du lord, nous sommes devant deux affaires si différentes que l'on pourrait croire qu'elles sont étrangères l'une de l'autre. Pourtant, mes petites méninges n'en croient rien. Votre aide me sera précieuse, j'en suis certain.

Le superintendant balbutia :

– Vous savez, sir, combien j'apprécie de travailler avec vous. Et, en un sens, j'aurais aimé vous accompagner en France, mais je n'étais pas invité et, de toute façon, Mme Forbes, mon épouse, ne l'aurait pas accepté. Pour elle, le continent est un véritable lieu de perdition !

– Mon cher Douglas, si elle voyait lady Karen et la commissaire Duvalier, elle en serait de plus en plus persuadée !

À peine en eut-il terminé avec le Yard que sir Malcolm appela le commissariat de Deauville.

– Allô, Malcolm ! Je reconnais votre voix.

En Angleterre, jamais personne ne se serait permis de l'appeler par son seul prénom, mais cette entorse, finalement, plaisait à l'aristocrate. D'ailleurs, n'avait-il pas lui-même encouragée la jeune femme à une telle familiarité ?

– Liliane, je suis vraiment confus. Tout à l'heure, je vous ai laissé régler la note du restaurant. Pour me faire pardonner, puis-je avoir l'audace de vous inviter ce soir dans quelque endroit de votre choix ? Nous pourrions travailler plus commodément à notre enquête et vous pourriez m'initier à la gastronomie de la région. Vous savez, à Londres, il m'arrive souvent d'inviter le superintendant lors d'un repas. Nous appellerons ce dîner un repas d'affaire, si vous le voulez bien.

La commissaire rit de bon cœur. Le petit discours embarrassé d'Ivory l'amusait fort.

– Mon Dieu, pourquoi pas ? Scotland Yard qui dévergonde la police française, ce n'est pas courant ! Si vous aimez les moules à la crème, que diriez-vous de nous retrouver à 20 heures chez Marthe, quai de la Marine ? Je ferai réserver un petit coin tranquille pour que nous puissions travailler en paix. Votre Chinois doit avoir du flair. Il vous y mènera tout droit.

Sir Malcolm devait bien admettre que cette spontanéité le rafraîchissait du savoir-vivre trop guindé de ses compatriotes. Aussi, après s'être préparé avec un peu plus de décontraction que d'ordinaire, il demanda à Wen Chang de le conduire rue Colas. C'était la première fois que le Chinois voyait son maître sans cravate, ce qui lui parut aussi insolite que l'apparition d'un dragon céleste au sommet du Queen Victoria Memorial !

Le restaurant parut fort sympathique à Ivory. On aurait dit un bistro à l'ancienne. Une table avait été réservée au nom de la commissaire Duvalier, ce qui incita les serveurs à toutes les prévenances. On installa le nouvel arrivant sous une gravure du Mont-Saint-Michel et, d'autorité, en attendant que sa partenaire arrive, on lui servit un apéritif local à base de cidre dont il n'aurait su exactement définir la saveur. Il trouva extraordinaires toutes les variations culinaires que les Normands s'étaient ingéniés à inventer à partir d'un fruit aussi rustique qu'une pomme ! Mais le temps passait et la commissaire n'apparaissait pas.

À 20 h 15, sir Malcolm commença à penser que les Françaises en prenaient un peu trop à leur aise. À 20 h 30, mortifié, il songea à quitter la place. Jamais une Anglaise ne se serait permis une telle incorrection ! Voulait-on se jouer de sa patience ? Liliane était-elle une coquette qui cherchait à se faire désirer ? On raconte tant de choses sur la malignité des femmes françaises ! Le restaurant se remplissait et elle n'apparaissait toujours pas.

Enfin, vers 20 h 45, sir Malcolm, à travers la vitrine, la vit accourir et se précipiter dans le restaurant. Elle était tout essoufflée et ne retrouva ses esprits qu'une fois assise en face de son compagnon.

– Ah, veuillez excuser mon retard ! C'est pour la bonne cause. Gambier, le médecin légiste, m'a tenu la jambe jusqu'à maintenant. Vous allez comprendre… C'est tout bonnement invraisemblable !

Cette agitation fit oublier les minutes d'attente. Que s'était-il passé ?

– Je vous explique. Gambier a donc procédé à l'autopsie de Mary Upton et, tenez-vous bien, la petite n'est pas morte d'un coup de couteau ou de poignard, mais d'un arrêt cardiaque ! Elle devait l'ignorer, mais son cœur comportait une anomalie vraisemblablement congénitale. Je passe sur les termes techniques : oreillettes, ventricules, etc. Il a suffi d'une frayeur un peu forte pour que la malheureuse soit terrassée sur-le-champ !

– Mais… Et la plaie à hauteur du cœur provoquée par une lame ?

– C'est là que tout devient vraiment stupéfiant, reprit la commissaire. Gambier assure que le coup a été porté après la mort de la jeune fille. L'analyse de la blessure le démontre sans erreur possible. Le sang était coagulé lorsque la lame a perforé les tissus : la composition du sang retrouvé sur le kriss malais confirme ce diagnostic. Le professeur, avec sa rudesse habituelle, m'a dit : « C'est du sang de mort ! »

Sir Malcolm demanda :

– A-t-il pu déterminer le laps de temps entre l'embolie foudroyante et la pénétration de la lame ?

– C'est très difficile à dire, mais peut-être une heure. Gambier va envoyer des plaquettes de sang à l'Institut médico-légal de Paris pour que l'on puisse affiner cette question.

– Donc, Mary Upton serait décédée de mort naturelle et, plus tard, alors que le corps gisait depuis une heure sur le sable, quelqu'un serait venu lui planter le kriss sous le sein gauche. C'est tout à fait insensé ! Pourquoi frapper un cadavre ?

Le patron du restaurant vint s'enquérir de la commande, mais ni Liliane Duvalier ni Ivory n'y avait songé.

– Écoutez, dit sir Malcolm, la personne qui a frappé le corps devait savoir que lady Karen s'était livrée, quelques heures plus tôt, à la destruction du tableau d'Andrea Pendleton avec cette même arme malaise, reconnaissable entre toutes. N'était-ce pas un bon moyen de l'accuser de meurtre ?

– À moins que ce ne soit elle-même qui ait commis cet acte insensé, aussi insensé, à vrai dire, que le saccage du tableau ! Peut-être est-elle sujette à des accès de folie !

– Encore aurait-il fallu qu'elle sache que Mary était morte ! fit remarquer l'aristocrate.

– Peut-être était-ce elle qui avait suivi la jeune Upton jusqu'aux planches et l'avait effrayée en apparaissant inopinément dans la nuit. Elle se retrouve brusquement avec un cadavre. Elle repart à Victoria Manor, prend le kriss et revient frapper le corps. Non, c'est idiot ! Pourquoi aurait-elle agi de la sorte ? Même une démente n'aurait pas une idée pareille ! À moins qu'elle n'ait eu le kriss sur elle... Mais non, excusez-moi, ça ne tient pas du tout !

– Liliane, dit sir Malcolm, je vous conseille de mettre en sommeil les hypothèses qui vont se bousculer dans nos petites cervelles. Que nous conseillez-vous pour commencer le repas ?

Ils commandèrent des crevettes roses qu'ils trouvèrent délicieuses, mais leur esprit n'y était pas.

Chapitre 20

Lorsqu'ils eurent achevé le plat de moules à la crème, ils ne purent s'empêcher de reprendre leur discussion. Toutefois, alors que la commissaire repartait dans une dérive d'hypothèses plus hasardeuses les unes que les autres, sir Malcolm tenta de restituer l'affaire dans sa chronologie. C'était une méthode qui lui paraissait mettre un peu d'ordre dans l'éparpillement des informations qu'ils avaient pu glaner depuis le début de l'enquête.

– Le soir de l'anniversaire de lord Terence, après le départ des invités, lady Karen a détruit à l'aide d'un kriss malais son propre portrait peint par Andrea Pendleton. Pourquoi ? Étaient présents lors de cet incident la peintre Pendleton, le poète Tycoon, le banquier Sticker, le majordome Morgan, la jeune Upton et, évidemment, lord Terence et sa femme. Qu'est devenu le kriss après que lady Karen l'a utilisé ? L'a-t-elle gardé en main ? L'a-t-elle lâché sur le sol ? Quelqu'un s'en est-il saisi ? Il sera essentiel de connaître le parcours de cette arme puisque c'est elle que nous retrouverons sous le lit de mort de Hamilton après que, la veille, elle ait frappé le cadavre de Mary. Quant aux débris du tableau, il serait intéressant de pouvoir les étudier, s'ils n'ont pas été jetés ou détruits. Nous pourrions ainsi comprendre si un détail de l'œuvre n'avait pas de quoi mettre lady Karen hors d'elle-même.

– Je m'en occuperai dès demain à la première heure, assura la commissaire.

– Reprenons. Vers 1 heure du matin, Mary Upton gagne Deauville en voiture. Est-elle seule ? Prend-elle quelqu'un en chemin ? L'odeur de pipe sentie dans l'Austin laisserait penser qu'un homme s'est trouvé en sa compagnie à un moment ou à un autre de la journée ou de la nuit. S'arrête-t-elle quelque part ? Nous savons qu'elle gare son Austin devant le bar *Chez Gustin*, fermé à cette heure-là. Elle gagne à pied les planches, décidée à prendre un bain nocturne puisqu'elle emporte une serviette-éponge avec elle. Elle ôte sa robe, dépose dessous son trousseau de clés qui comprend celle de la porte d'entrée de Victoria Manor et celle de sa voiture. Elle se baigne, puis revient vers ses affaires. Elle aperçoit alors une ombre qui lui paraît suspecte. Reconnaît-elle cette personne ?

Une peur panique l'envahit, ne serait-ce que parce qu'on la surprend pratiquement nue. Elle veut fuir mais son cœur lâche. Foudroyée sur le coup, elle s'effondre sur le sable. Que se passe-t-il alors ? L'ombre s'en va-t-elle ? Est-ce à ce moment qu'elle tente de remettre sa robe au cadavre ? Nous savons seulement qu'une heure plus tard, quelqu'un approche du corps inerte et le frappe avec le kriss qui a servi à lady Karen pour détériorer son portrait. Cette personne inconnue, une fois son geste accompli, garde l'arme, ne nettoie pas la lame et, plus tard, la dépose sous le lit mortuaire d'Hamilton. Pourquoi ? Pour qu'on accuse le lord ?

Liliane Duvalier écoutait Ivory avec attention, admirant la clarté et la rigueur de son exposé.

– Or, nous croyons savoir par Morgan qu'après le départ des invités, seule la voiture de Mary a quitté le manoir cette nuit-là. Seulement, il avoue que lorsqu'il dort il lui arrive de ne pas être réveillé par l'arrivée ou le départ d'une voiture. En outre, il est vraisemblable que si l'un de ses maîtres lui a demandé la discrétion sur ses allées et venues, il gardera le silence. Son témoignage est donc loin d'être décisif.

Liliane prit la parole :

– J'ai interrogé les proches des Hamilton sur leur emploi du temps la nuit du drame. Tous certifient qu'après la scène du tableau où s'est illustrée lady Karen, ils ont regagné leur chambre et ne l'ont pas quittée jusqu'au matin. Comme ils s'étaient couchés tard, ils ont d'ailleurs fait la grasse matinée, sauf Andrea Pendleton qui, éveillée par des bruits suspects sous sa fenêtre, s'est levée à 8 heures. Lord Terence devait la rejoindre vers 10 heures et lui faire cadeau de la montre-bracelet de chez Cartier. C'est un peu plus tard que je suis arrivée à Victoria Manor pour annoncer la mort de Mary. Cette disparition a paru catastropher Hamilton, comme s'il venait vraiment de perdre un membre de sa famille. La réaction des autres a d'ailleurs été unanime. La jeune fille était très appréciée par tout le monde.

– Qui, parmi les familiers, fume la pipe ? demanda Ivory.

– Personne que je sache, dit la commissaire. Néanmoins, quelque chose m'intrigue. Lorsque nous avons fouillé la chambre de Tycoon, nous avons trouvé un râtelier de cinq ou six pipes ; or, quand nous lui avons posé la question, il nous a répondu qu'il ne fumait plus depuis longtemps mais qu'il gardait ces pipes en souvenir. Ment-il parce qu'il devine que nous pourrions l'accuser de s'être trouvé dans l'Austin cette nuit-là ? Sous un prétexte ou un autre, il aurait pu demander à Mary de le conduire à Deauville.

– Même réflexion pour Sticker ou n'importe quel familier de Victoria Manor, fit Ivory. Quant aux lunettes de soleil aux verres correcteurs trouvées sur la banquette avant de l'Austin, qu'en est-il ?

– Seul Sticker porte des lunettes, mais il ne s'agit pas du tout du même nombre de dioptries. Au lieu de nous renseigner, ces indices nous égarent davantage.

– Sans doute, reconnut l'aristocrate, mais je me méfie toujours de ce genre de trouvailles. Revenons à notre historique, voulez-vous ? Nous en sommes à l'après-midi qui a suivi la nuit du décès de Mary, soit le mercredi 29 juin, date à laquelle lord Terence m'avait prié de venir le rejoindre à Villers-sur-Mer.

– Le jour où nous avons fait connaissance, ajouta Liliane.

– En fin d'après-midi, nous avons pris l'apéritif au bar de la piscine. Lord Terence, tout comme son épouse, paraissaient fort détendus. Il s'est occupé du bar, a préparé des cocktails, a même raconté une blague tandis que lady Karen faisait sans vergogne admirer son anatomie. Bref, rien ne permettait de supposer que, quelques heures plus tard, à l'issue d'un dîner particulièrement délicieux, le même Hamilton allait se lever, nous annonçant coup sur coup son cancer, le changement de ses dernières volontés et la venue du notaire pour le lendemain.

– Événement qui a dû faire sensation !

– Surtout auprès du jeune Robert ! Son père lui apprenait froidement que non seulement il amputait gravement sa part d'héritage, mais qu'il le mettait en tutelle jusqu'au décès de sa mère ! Il y avait de quoi être furieux. Certes, on peut comprendre que, voyant le comportement frivole de son fils, Hamilton ait souhaité préserver cette part d'héritage, mais il existait d'autres procédures possibles, par exemple en versant à Robert une rente mensuelle prélevée sur un capital placé chez un notaire. Là, si on y réfléchit bien, le garçon se retrouvait sans un sou et aux mains d'une quadragénaire capricieuse ! Ce n'était plus une punition mais une véritable exécution ! Quels que soient les torts d'un enfant, peut-on agir de la sorte ? Et surtout, que s'était-il passé pour qu'un homme de la qualité du lord se livre à un acte aussi féroce ? Avait-il été poussé par son épouse ? Existait-il entre le père et le fils une lutte sourde, particulièrement grave, que nous ignorons ?

– Pensez-vous à une concurrence amoureuse à propos de Mary Upton ? suggéra Liliane. Le lord aurait-il cru que Robert l'avait tué ?

Sir Malcolm réfléchit un instant puis il dit :

– Cela me paraît bien mélodramatique. En fait, le notaire avait été convoqué un mois auparavant afin de procéder à la signature du nouveau testament. Hamilton avait peut-être d'autres dispositions en tête, qu'il a décidé de changer brusquement après le décès de Mary. Toutefois, cette hypothèse ne repose sur rien. La jeune fille ne s'intéressait, selon toute vraisemblance, ni au père ni au fils. Elle était tout à l'opposé de ce que vous appelez en France «une allumeuse». Morgan m'a raconté que, lors de la réception d'anniversaire, Robert avait tenté de l'embrasser et qu'elle l'avait giflé.

– Le professeur Gambier a d'ailleurs confirmé qu'elle était vierge.

– Revenons donc à la fin du repas durant lequel Hamilton évoqua ses dernières volontés. Je me souviens d'avoir ressenti un tel malaise que je me suis promis de retrouver Robert qui, je n'en doutais pas, était allé à Deauville noyer sa déception et sa colère. En fait, je l'ai retrouvé seul, au bar du *Normandy*. Il était tellement ivre que j'ai décidé de le ramener au manoir. C'est alors que j'ai appris qu'il arrivait assez souvent que Morgan ou lady Karen viennent rechercher le jeune homme lorsqu'il était incapable de rentrer par ses propres moyens à Victoria Manor. Passant devant l'endroit où, l'avant-veille, Mary avait laissé sa voiture, il a demandé que nous nous y arrêtions. Comme un somnambule, il s'est rendu sur les planches et a désigné l'endroit approximatif où le corps avait été retrouvé. Dans son ivresse, se souvenait-il que, le jour du drame, ayant aperçu l'Austin, il s'était garé à son tour et était venu sur la plage ? Sachant ce que nous connaissons aujourd'hui, ne serait-ce pas lui que Mary a aperçu en revenant de se baigner ?

– Selon vous, résuma la commissaire, l'apparition de Robert sur les planches aurait été la cause involontaire du décès de la malheureuse... Elle aurait cru qu'il venait la violer !

– Poursuivons notre hypothèse. Ne le voyant pas revenir, Morgan, par exemple, quitte Villers-sur-Mer et, passant devant *Chez Gustin*, voit les deux voitures, l'Austin et celle de Robert. Il s'arrête, se rend sur les planches et découvre le corps inanimé de Mary et, non loin, le jeune Hamilton endormi qui cuve son vin. Pensant que Robert a tué la jeune fille, sans plus réfléchir, désireux d'effacer toute trace de ce qu'il croit être un meurtre, il le porte jusqu'à sa voiture, le ramène au manoir et le couche.

– Même scénario, je suppose, si au lieu du majordome il s'était agi de lady Karen ou de quelque autre familier des Hamilton, hasarda la commissaire. Mais, Malcolm, une telle hypothèse n'explique en rien l'apparition du kriss malais !

– Oh, que si ! affirma Ivory.

Sur ce, il commanda au serveur qui attendait un sorbet aux pommes arrosé de calvados.

Chapitre 21

Le lendemain matin, alors que sir Malcolm descendait au rez-de-chaussée pour prendre son petit déjeuner, Morgan lui annonça qu'on le demandait au téléphone. Se rendant dans le bureau de lord Terence, il décrocha l'appareil. C'était la secrétaire du professeur Beltram, qui lui passa rapidement le cancérologue.

– Sir Malcolm, depuis notre dernière conversation téléphonique et l'annonce du décès de lord Terence, j'ai beaucoup réfléchi. Connaissant votre réputation de discrétion, je me hasarderai à vous faire une révélation qui vous éclairera sur la mort de Sa Seigneurie. Naturellement, si mes révélations devaient être répandues, je me refuserais à tout témoignage devant la justice, ne serait-ce que par crainte des foudres du Conseil de l'Ordre royal des médecins. Me comprenez-vous ?

– Je crois deviner qu'il s'agit d'euthanasie, dit Ivory.

– Pas exactement ! Non, le mot ne convient pas ! Comprenez-moi. Lord Terence refusait toute intervention clinique. De même, il ne voulait pas subir des soins élaborés comme la chimiothérapie ou la radiothérapie. Bref, il allait obligatoirement vers une fin extrêmement douloureuse. Pas tout de suite ! D'ici une dizaine de mois. Il me demanda donc de le préparer à cette extrémité.

– Comment ?

– Il souhaitait surtout posséder à sa disposition un produit qu'il prendrait au moment où les douleurs insupportables et irréversibles se déclareraient. Pour lui, avoir à ses côtés ce passeport pour l'au-delà serait à lui seul un puissant réconfort durant les mois qui lui restaient à vivre. J'avoue avoir longuement hésité, et puis j'ai cédé. Il me répétait qu'il était plus digne d'absorber ce produit que de se tirer une balle dans la bouche ou de se jeter par la fenêtre. Lors d'un de ses séjours à Londres, je lui ai confié la fameuse pilule interdite par des censeurs bornés qui veulent ignorer ce que sont les horreurs dégradantes que nos patients en fin de vie doivent supporter.

– Et cette pilule est livrée dans une petite boîte ronde en argent portant un crâne et des tibias sur le couvercle…

– Comment le savez-vous ? s'inquiéta Beltram.

– Là n'est pas la question, éluda sir Malcolm. En effet, il y a fort à parier que ce n'est pas lord Terence qui a choisi de prendre cette pilule.

– C'est ce que je crains et c'est la raison de mon coup de téléphone. Mais il y a autre chose... Voilà un mois environ, lord Terence est venu me trouver et m'a déclaré qu'il avait offert sa pilule à une tierce personne qui en avait un besoin très urgent. À ses yeux, il s'agissait d'un geste hautement charitable. Je lui ai donc vendu une deuxième pilule, en insistant sur le fait que c'était la dernière fois que je me prêtais à une telle transaction. J'ignore laquelle des deux pilules a absorbé lord Terence, mais je tenais à ce que vous soyez au courant.

– Après absorption de ce produit, dans quel délai la mort survient-elle ?

– C'est très rapide. La pilule agit d'abord comme un puissant narcotique. Le sujet s'endort calmement dans les deux minutes qui suivent. L'effet toxique se produit environ une minute plus tard. Vous savez, c'est tout à fait comparable à ce que dans certains États américains on administre par injection aux condamnés à mort.

– Je vous remercie de votre franchise, dit sir Malcolm qui sentit une sueur glacée couler dans son dos. Je ne suis pas un juge et je me garderai bien d'émettre la moindre opinion sur un sujet aussi délicat et aussi douloureux. Savez-vous si l'épouse du lord connaissait l'existence de ces pilules ?

– Ah, ça, je l'ignore ! Parce que vous pensez... ?

– Non ! Je n'accuse personne, mais à en juger par le moral du lord la veille de sa mort, il est évident que ce n'est pas lui qui a décidé de passer de vie à trépas. Il attendait son notaire le lendemain pour signer un nouveau testament !

– Peut-être quelqu'un ne voulait-il pas que cette signature ait lieu... supposa Beltram.

– C'est bien ce que je crois, déclara Ivory avant de raccrocher.

Mais qui avait intérêt à ce que le premier testament demeure le seul valable ? Tous les héritiers, après tout ! Surtout Robert, bien sûr, mais cette nuit-là, il cuvait son litre de whisky dans sa chambre. Lady Karen ? Les nouvelles dispositions du lord lui auraient fait perdre dix pour cent mais, en revanche, elle aurait pu disposer à sa guise des vingt-cinq pour cent de son fils. Sticker ? Il aurait touché cent mille livres au lieu de cent cinquante mille, mais, pour le patron de la banque Birdsley, ces cinquante mille livres auraient-elles justifié un meurtre ? Pour Andrea Pendleton, Archibald Morgan et Apolonius Tycoon, les dispositions étaient identiques dans les deux cas.

Restait le fait que le majordome possédait dans sa chambre l'une des deux boîtes à pilule et qu'elle était vide.

Chapitre 22

Sur le billet glissé sous la porte de sa chambre, sir Malcolm avait immédiatement reconnu l'écriture appliquée d'Andrea Pendleton. L'artiste peintre lui suggérait une rencontre pour le jour même, à midi, dans l'église Sainte-Catherine de Honfleur. L'aristocrate avait déjà entendu parler de cet édifice en bois construit au XVIIe siècle par des charpentiers de marine, et il se félicita de cette occasion d'aller admirer ce chef-d'œuvre. D'ailleurs, il était assez satisfait de pouvoir ainsi interroger la vieille dame sur la jeunesse de lord Terence, même s'il redoutait qu'elle l'accable aussi de propos incohérents.

La limousine conduite par Wen Chang longea la côte, traversant Deauville, Trouville, Villerville avant de pénétrer dans Honfleur. D'un coup, la lumière parut changer. La lumière de Corot et de

Monet ! La chaleur était un peu retombée depuis la veille, si bien que, malgré l'heure, sir Malcolm demanda à son domestique chinois de garer la voiture. Tandis que Wen Chang aurait quartier libre, il visiterait la ville à pied. Le vieux bassin rectangulaire bordé de hautes demeures aux toits d'ardoise l'attirait avec ses voiliers bien alignés le long du quai. Il flâna un peu, alla s'asseoir à la terrasse d'un café, dégusta une crêpe arrosée d'un cidre. La musique d'Erik Satie trottait dans sa tête, puis, comme le moment du rendez-vous approchait, il gagna l'église par la rue des Logettes. L'architecture si particulière du bâtiment le surprit agréablement. Il ignorait que le clocher était séparé de l'édifice. Lorsqu'il entra, il fut conquis par la fameuse toiture en coque de navire retournée, par la chaleur des boiseries et le superbe jeu d'orgues. Mais déjà la Pendleton l'arrachait à sa contemplation.

– Eh, le Yard ! Je suis ici !

Toute de noir vêtue, elle se tenait à côté d'une statue polychrome de Marie-Madeleine au pied de laquelle elle avait allumé un gros cierge. Sir Malcolm remarqua qu'elle portait au poignet le bracelet-montre de chez Cartier.

– Marie-Madeleine est ma protectrice contre les ténèbres, expliqua-t-elle sans sourire. Voyez, je suis en deuil. Mon amour de jadis est décédé. Ne me restent plus que des souvenirs et mes yeux pour pleurer, mais je me battrai ! Je continuerai à peindre. D'ailleurs, souvenez-vous, je vous ai promis de faire votre portrait.

– Chère madame, dit prudemment l'aristocrate, vous m'avez, semble-t-il, convoqué en ce lieu pour me parler.

– Exact ! s'écria-t-elle. Mais ne vous y trompez pas ! Je ne suis pas une délatrice !

Une délatrice ? Qu'avait-elle à lui révéler ?

– Voulez-vous que nous déjeunions ensemble ? demanda Ivory, bien qu'il n'en eût aucune envie. Ce sera sans doute mieux pour échanger des confidences.

– Quelles confidences ?

– Sur votre jeunesse. Les Fous de Cheyne Walk, par exemple…

Elle se redressa, le visage rayonnant.

– Ah, vous savez ça ! Oui, j'étais la muse des Fous de Cheyne Walk. Prestigieuse époque ! Dans ces glorieuses années, je n'étais peut-être pas la Vénus de Milo, mais, comme disent les Français, j'avais du chat.

– Du chien ! rectifia Ivory.

– Oh, je savais être un peu chatte aussi, croyez-moi ! Bref, où va-t-on manger ?

– Vous connaissez mieux la ville que moi.

– Lorsque Terence m'invitait, c'était à la *Ferme Saint-Siméon*, en souvenir de l'auberge de la mère Toutain. Les peintres, mes confrères, des gens comme Courbet ou Jongkind, y vivaient, ce qui nous rappelait notre propre jeunesse.

– Allons pour la mère Toutain !

Mais lorsqu'ils y parvinrent, sir Malcolm eut la surprise de constater que la gargote pour rapins s'était changée en une merveilleuse hôtellerie avec un superbe parc ombragé qui dominait l'estuaire de la Seine.

– Le lord vous invitait-il souvent en ce lieu enchanteur ?

– Lorsqu'il le pouvait. Karen, avec ses airs de sainte nitouche, le surveillait comme le lait sur le feu.

Le maître d'hôtel voulut les installer à une table à côté d'une fenêtre, mais elle la refusa et en désigna une autre où, dit-elle, « nous avions l'habitude de nous retrouver ».

– C'est pour moi un pèlerinage, fit-elle après avoir commandé un martini dry.

– D'après ce que je comprends, vos relations avec lord Terence étaient demeurées excellentes.

– Évidemment ! On ne partage pas une exaltante jeunesse sans qu'il en reste forcément un lien très fort. Les astres sont trop puissants ! Personne n'y peut rien.

Ils choisirent un menu à base de homard et de langoustines à la coriandre.

– Parlez-moi un peu de l'époque des Fous de Cheyne Walk.

– Nous formions une fière équipe ! Peintres, poètes, comédiens ! On avait vingt ans. On vivotait comme on pouvait. Parce que, forcément, on n'avait pas un sou ! Et puis, un beau jour, Terence est arrivé. Il était plus âgé que nous.

– Quel âge avait-il ?

– Une trentaine d'années. Il était passionné d'art et rêvait de devenir écrivain. Surtout, il se faisait une idée mirifique de la bohème. L'imagination d'un aristocrate plein aux as ! Un vrai Verseau ! Bref, on l'a accepté parmi nous, surtout Tycoon et moi, et c'est comme ça qu'il a acheté l'atelier du 46, Tite Street, afin que nous puissions y loger et y travailler.

– Et il y vivait avec vous ?

– Non. Ses parents étaient vieux jeu et, malgré son âge, le tenaient en laisse. Mais on le voyait de temps en temps, et puis, vous savez ce que c'est, nous étions jeunes. Bref…

– Vous êtes devenus amants.

– Hé ! s'exclama-t-elle. Vous avez de ces mots ! Enfin, si vous voulez. C'est comme ça que ça s'est passé. Une conjonction astrale, je suppose… Et puis, quelque temps plus tard, la catastrophe est arrivée.

– Quelle catastrophe ?

– La Karen ! C'était une gamine de rien du tout. Elle avait à peine seize ans et, poussée par sa mère, une actrice de troisième zone, elle s'exhibait déjà sur les planches de théâtres crasseux.

– Et Terence est tombé amoureux d'elle...

– Amoureux ? C'est peu dire ! Il est devenu complètement fou de cette fille. On avait beau lui dire qu'elle le faisait marcher, il l'avait dans la peau. De fil en aiguille, la petite garce a parfaitement réussi son coup. Elle l'a envoûté. La beauté du diable ! Une vraie sorcière ! Sous son côté enjôleur et faussement naïf, ce n'était et ce n'est toujours qu'une calculatrice éhontée. Toute sa vie, elle n'aura été qu'un simulacre. Ce n'est pas une femme ; c'est un masque ! Jusqu'au bout, Terence n'y aura vu que du feu.

– Jusqu'au bout ?

– Eh bien oui ! Jusqu'à cette promesse de testament ! Elle voulait tout pour elle ! Vous avez vu ça ? Et ce pauvre Robert qui en faisait les frais !

– Mais, finalement, le décès du lord aura tout arrêté, fit remarquer Ivory.

– Les astres ont veillé au grain. Mais la garce ramasse quand même le gros lot. Soixante pour cent ! Vous vous rendez compte ! Avec ça, elle pourra se payer tous les gigolos qu'elle voudra. Sans compter l'assurance-vie que Terence a souscrite pour elle. N'est-ce pas une honte !

– Le lord ne vous a pas non plus oubliée.

– C'était un homme généreux et foncièrement fidèle. Lorsqu'à l'époque il m'avait quittée pour cette traînée, il m'avait offert un merveilleux collier d'émeraude. Un cadeau princier ! Je l'ai gardé en souvenir et il me portera toujours bonheur, j'en suis certaine.

– Et puis il y a cette montre-bracelet ! Vous offrait-il souvent de semblables cadeaux ?

– Non, ne le croyez pas ! Là, c'était pour m'indemniser du dommage matériel et spirituel que m'avait causé sa névrosée de femme en détruisant mon tableau.

– N'était-ce pas cher payé ?

Elle se rengorgea et, avec hauteur, s'écria :

– Sachez, sir, qu'une œuvre d'art n'a pas de prix ! Voyez Van Gogh ! Sans le sous hier, sa cote est astronomique aujourd'hui !

– C'est sans doute encore une affaire astrale ! ironisa Ivory.

Chapitre 23

Au moment de régler l'addition, sir Malcolm s'était rendu à la caisse, ne fût-ce que par discrétion. Puis il avait demandé au patron qui y siégeait s'il se souvenait de lord Terence. Aussitôt, l'homme s'était écrié que les époux Hamilton étaient l'honneur de sa clientèle. Ils venaient dîner à la *Ferme Saint-Siméon*, au moins une fois par mois. Quant à Andrea Pendleton, le restaurateur ne se rappelait pas l'avoir déjà vu.

– Jamais cette personne n'est venue ici en compagnie de lord Terence ? Vous en êtes certain ?

– Certain ! Je m'en souviendrais !

Sir Malcolm régla la note et revint à la table où l'artiste peintre l'attendait en sirotant un calvados.

– Parlons un peu de Robert, dit-il en s'asseyant.

– Qu'en dire ? C'est un malheureux garçon que sa mère a élevé comme de la volaille. Comment voulez-vous qu'une Karen Ward, alias Charleston, élève correctement un enfant ?

– À votre avis, pourquoi lord Terence aurait-il voulu mettre son fils sous la tutelle de sa femme ?

– Il est évident que c'est une idée de cette pieuvre ! Mais, je vous l'ai dit, il était aveugle, il lui passait tout.

– C'était pourtant un homme d'affaires avisé !

– Ça n'a rien à voir ! D'ailleurs, pendant qu'il s'occupait de ses immeubles, elle n'en faisait qu'à sa guise.

– Voulez-vous dire qu'elle avait des amants ?

– Peuh ! Pourquoi s'en serait-elle privée, avec un châssis pareil ! Remarquez que ça n'a jamais été mon genre ! Des seins ! Des cuisses ! Elle n'est qu'une poule de luxe. Moi, ce que j'aime, ce sont les âmes.

Sir Ivory changea brusquement de sujet, comme il aimait le faire durant une enquête, afin de déstabiliser ses interlocuteurs.

– Que pensez-vous de la mort de Mary Upton ?

– La petite secrétaire ? La Karen était jalouse de sa jeunesse. Elles se ressemblaient d'ailleurs un peu toutes les deux, Mary en plus frais, bien sûr ! Mais, dites-moi, est-il vrai qu'elle a été poignardée avec le kriss malais dont la cinglée s'était servie pour saccager mon tableau ?

– Il semblerait.

– Alors ne cherchez pas plus loin ! affirma Andrea. C'est elle, la coupable ! Cette nuit-là, elle aurait massacré le monde entier !

– Aurait-elle eu des motifs d'être jalouse ?

– Jalouse ! Mais cette créature-là est la jalousie incarnée ! Elle veut tout. Il lui faut tout ! Les autres peuvent bien crever !

– Elle a pourtant admis que vous vous installiez à Victoria Manor !

– C'était le seul point sur lequel Terence se montrait ferme. Il voulait que ses vieux amis profitent de sa réussite et, il faut le dire, il avait pour ma peinture une profonde admiration.

– Et pour l'œuvre de Tycoon… ajouta Ivory.

– Les Fous de Cheyne Walk ! Ce sont des moments que l'on n'oublie pas.

En quittant le restaurant, au moment de se séparer, sir Malcolm demanda :

– Madame, dois-je vous raccompagner à Villers-sur-Mer avec ma voiture ?

– Inutile ! J'ai ma Cooper.

– Oh, reprit Ivory, j'y pense, brusquement ! Si vous les avez conservés, pourrai-je examiner les restes du tableau que lady Karen a lacéré ?

– Quand vous voudrez. Ainsi pourrez-vous admirer la dextérité d'une harpie en plein délire !

– Parce que vous ignorez la raison pour laquelle lady Karen a agi de la sorte ?

– La jalousie ! La haine ! Elle enrageait que j'offre son portrait à Terence !

– Et pourtant, elle avait dû accepter de poser pour vous !

– Jamais de la vie ! explosa-t-elle. J'ai tellement le visage de ce monstre en tête que je le peindrais les yeux fermés !

En la quittant place Sainte-Catherine, où elle avait laissé sa voiture, il se demanda ce qu'il fallait penser d'une telle femme. Jalouse de lady Karen ? Sans aucun doute. Dès lors, tout ce qu'elle avait dit à son sujet devenait sujet à caution. En outre, elle avait menti en prétendant être venu dîner de temps à autre à la *Ferme Saint-Siméon* en compagnie de lord Terence. Était-ce seulement pour se vanter ?

Wen Chang dormait dans la limousine. En s'éveillant, il expliqua dans son charabia habituel :

– Beaucoup marchands peinture ! Beaucoup bateaux ! Ai tout visité ! Même temple en bois, comme en Chine, mais Français savent pas laquer.

Ils revinrent à Victoria Manor et constatèrent qu'Andrea Pendleton y était arrivée avant eux. Elle avait dû accélérer ! Ivory l'aperçut à travers les vitres de la véranda. Elle discutait avec Tycoon et ses gestes témoignaient d'une certaine vivacité. Que pouvaient bien se raconter ces deux-là ? Lorsque sir Malcolm les rejoignit, il y eut comme un froid.

– Hé, chère amie, vous avez fait vite !

– Je connais bien la route, affirma-t-elle.

– Pour y être venue souvent avec lord Terence... suggéra Ivory.

Elle se troubla.

– Non. Oui. Enfin, c'est ainsi. Voulez-vous voir les restes de mon tableau ?

– Tout à l'heure. Mais auparavant, si vous le permettez, je voudrais m'entretenir seul à seul un instant avec M. Tycoon.

– Comme vous voudrez !

Elle haussa ostensiblement les épaules et sortit.

– Honfleur, ville des albatros et des coquecigrues ! lança le poète, croyant imiter peut-être l'humoriste Alphonse Allais.

– Monsieur Tycoon, je serais heureux de savoir s'il vous arrivait de temps en temps de voyager dans la voiture de Mlle Upton.

Il fit la grimace et répondit :

– Laissez les morts enterrer les morts.

– Fumez-vous la pipe ?

– Seulement le dimanche.

Sir Malcolm s'emporta.

– Monsieur Tycoon, veuillez cesser de jouer les ivrognes ! Et veuillez me dire pourquoi vous le faites !

– Parce que la vie n'a aucun sens, mon cher monsieur, et que je préfère m'en moquer !

– Je vous ai vu jeter une partie des verres que l'on vous servait.

– Je veux bien jouer les pitres. Terence adorait ça ! Mais de là à attraper un ulcère !

– Mais encore ?

Le poète baissa la tête et murmura :

– Je pleure la mort de mon cher et admirable ami Hamilton. N'est-ce pas mon droit ? Il comparait mon style à celui de Swinburne.

– Vous pleurez votre jeunesse, l'époque des Fous de Cheyne Walk. L'une des plus belles rues de Londres !

– Je vois qu'Andrea vous en a parlé. Terence, en effet, nous avait installés là comme des princes, alors que nous n'avions pas un sou. Un atelier de cent cinquante mètres carré ! Et, en plus, il nous donnait quelques subsides, de quoi boire et manger. On appelle ça un mécène, non ?

– Si je comprends bien, il achetait des toiles à Andrea Pendleton ; mais vous, qu'aviez-vous à lui vendre ?

Il parut étonné.

– Moi ? Mais je lui offrais ma présence ! « Heureux sont les âmes qui se satisfont du sourire d'un ami. » C'est de Mark Twain.

– Erreur ! rectifia Ivory. C'est de Jonathan Swift dans le premier chapitre de *Gulliver*. Mais, dites-moi, Tycoon, quelles étaient à cette époque les relations de la jeune Pendleton et de lord Terence ?

– Il avait une dizaine d'années de plus qu'elle, et elle lui tournait autour. Cela dit, je crois que ça n'a pas été beaucoup plus loin.

– Pourtant, Hamilton lui aurait offert un collier d'émeraudes en cadeau de rupture !

Apolonius Tycoon éclata de rire.

– Vous n'y êtes pas du tout ! Terence lui a offert ce collier pour la remercier de lui avoir fait connaître Karen Ward !

Chapitre 24

Alors que sir Malcolm regagnait sa chambre, Archibald Morgan l'arrêta, lui faisant savoir que lady Karen souhaitait le rencontrer dans son boudoir à 17 heures. Le thé y serait servi.

L'aristocrate l'assura qu'il s'y rendrait. Auparavant, il souhaitait mettre un peu d'ordre dans son esprit en téléphonant à la commissaire Duvalier.

– Liliane, plus j'avance, plus je me heurte à un épais brouillard de mensonges. Et vous, avez-vous du nouveau ?

– L'autopsie du lord a eu lieu. Il a effectivement été empoisonné par un produit de synthèse extrêmement sophistiqué et toxique qui l'a tué presque instantanément. D'après Gambier, la dose létale aurait été vingt fois plus élevée que nécessaire. Il va se renseigner à Paris pour savoir de quelle substance il s'agit.

– Je ne peux vous révéler d'où je tiens le renseignement, avoua sir Malcolm, mais il s'agit d'une pilule strictement réservée à l'euthanasie. Hamilton en possédait une. Il devait l'utiliser quand, tout traitement devenu inefficace, il aurait décidé d'abréger ses souffrances. Or, il paraît évident que quelqu'un a devancé ses intentions et, à son insu, la lui a fait absorber. Mais attendez : il y a mieux encore ! Une seconde de ces pilules se trouverait à Victoria Manor ! Il va falloir tout retourner pour la découvrir avant qu'un nouveau meurtre soit perpétré. Puis-je vous attendre avec vos hommes dès que possible ?

– Comment trouver une pilule cachée dans une aussi grande maison ? s'inquiéta la commissaire. Malcolm, vous me demandez l'impossible !

– La pilule est normalement conservée dans une petite boîte dont je vous montrerai un spécimen. À moins, bien entendu, qu'elle n'ait déjà servi à un autre malade en fin de vie.

– Malcolm, vous rendez-vous compte de ce que vous me demandez ? Une perquisition ! Il faut que j'en parle au juge. Je ne peux pas agir de mon plein gré. Il y a des règles, figurez-vous !

La commissaire raccrocha. Ivory pensa qu'elle ne manquait pas de caractère. Elle lui plaisait bien, cette jeune Française ! Y compris dans ses sautes d'humeur. En fait, il se doutait que la seconde pilule avait déjà dû quitter Victoria Manor, mais, en amenant la police à fouiller la demeure, il comptait bien donner un grand coup de pied dans la fourmilière.

Il appela le Yard et tomba sur le lieutenant Findley, que le superintendant avait chargé d'enquêter sur Morgan et les assureurs Cleff et Vendeuvre.

– Sir, j'ai obtenu vos renseignements. Le nommé Archibald Morgan a effectivement été valet chez sir Hannibal Sussex Duvernon, il y a vingt-neuf ans de cela ; toutefois, l'ancien ministre s'en souvient encore. C'était un homme dévoué, ponctuel, très discret. Sir Hannibal l'aurait bien gardé à son service, mais Morgan a perdu son épouse dans un tragique accident, ce qui l'a complètement déstabilisé. D'après les registres officiels d'embauche, Morgan serait entré quelque temps plus tard chez les Hamilton.

– Savez-vous dans quelle sorte d'accident l'épouse Morgan a trouvé la mort ?

– Un accident de voiture. J'ai la date exacte. Dois-je approfondir cette question ?

– Oui, faites. On ne sait jamais.

– Les Morgan ont eu un fils, prénommé Albert, poursuivit Findley. Ce garçon a fait d'excellentes études. On peut même dire qu'il a été très brillant puisqu'il est sorti major de Eton.

– Eton ? s'exclama Ivory. Avait-il obtenu une bourse ?

– Pas que je sache.

– Comment Morgan a-t-il pu payer à son fils des études à Eton avec un salaire de majordome ? Lieutenant, il y a là quelque chose qui cloche. Et qu'est devenu cet Albert à sa sortie de Eton ?

– Il est entré comme comptable à la Tate Gallery. Puis il est monté en grade à l'intérieur de l'institution. Il tient actuellement le poste d'administrateur en chef des collections contemporaines.

– Fichtre ! Belle ascension sociale ! Lieutenant, continuez à creuser autour de ce personnage. Son entrée à Eton me semble insolite.

– À vos ordres, sir. Quant à Cleff et Vendeuvre… Ce sont eux qui assurent les biens de Mme Andrea Pendleton. En fait, en ce qui concerne l'immobilier, cette dame ne possède guère qu'un studio, au 27, Orsett Street, dans le quartier de Vauxhall. Dans la rubrique des objets précieux, elle a déclaré cinq bijoux : trois bagues avec diamants, une parure de soirée en saphir et un collier d'émeraudes d'une valeur actuelle de cinquante mille livres. Ah, j'oubliais ! Ils assurent aussi une Cooper, un vieux modèle qu'elle a dû acheter d'occasion.

– Un studio à Vauxhall, cinq bijoux dont un collier de cinquante mille livres et une Cooper ! Lieutenant, vos renseignements me sont très précieux.

– J'ai profité de mon enquête chez Cleff et Vendeuvre, ajouta Findley, pour me renseigner au sujet des Hamilton. Lord Terence a souscrit une assurance-vie de cent mille livres au nom de son épouse. Est-ce intéressant ?

– Peut-être. Saluez le superintendant de ma part, et à bientôt ! Je vous rappellerai.

Un studio ! Est-ce dans un studio qu'un artiste peintre peut exercer ses activités ? Sans doute Andrea devait-elle louer un atelier. Il faudrait le lui demander. D'ailleurs, gagnait-elle suffisamment sa vie avec ses portraits ? Il semblait bien que non ! Sir Malcolm alla frapper à la porte de l'artiste. Personne ne répondant, il tourna la poignée. La porte s'ouvrit.

La chambre d'Andrea était un véritable capharnaüm. Elle ne devait jamais y faire le ménage. Des vêtements froissés côtoyaient pêle-mêle les objets les plus divers. Sur le tapis, les débris du tableau avaient été assemblés les uns à côté des autres comme un puzzle. Évidemment, c'était loin d'être un chef-d'œuvre, mais on reconnaissait vaguement lady Karen. Sir Malcolm comprit aussitôt la raison de sa colère. Sur le décolleté de son modèle, le peintre avait posé un magnifique collier d'émeraudes ! Sans aucun doute celui que le jeune Terence avait offert jadis à Andrea...

Comme 17 heures approchaient, sir Malcolm se rendit au boudoir où lady Karen l'avait convié. Il savait le trouver au premier étage, non loin de la chambre de lord Hamilton. Il fut surpris de constater que la petite pièce était aménagée et décorée comme une loge d'acteur avec, en particulier, un banc de maquillage et un miroir à trois faces éclairé par des spots lumineux. Aux murs étaient exposées de vieilles affiches où l'on apprenait que Karen Charleston jouait le rôle de Dolly dans *L'Amour d'une vie* ou de Rosie dans *L'Espiègle Gamine*. Un amoncellement de cosmétiques, de flacons de parfums, de brosses et de peignes de toutes tailles encombrait le pupitre devant lequel, visiblement, l'ancienne comédienne se fardait avant de paraître aux yeux du monde comme on entre en scène. Pourquoi avait-elle choisi cet endroit pour le recevoir ?

– Ah, sir Malcolm ! Vous êtes déjà là ! Comme c'est gentil de venir me tenir compagnie en un tel moment !

Sur sa longue robe fourreau de soie noire, elle avait épinglé une grande rose blanche. Ses cheveux blonds étaient relevés en un chignon compliqué qui mettait en valeur son profil d'Aphrodite. Ses yeux bleus, ses lèvres, tout dans son visage comme dans les gestes de ses bras de ballerine n'étaient que grâce et harmonie. Elle pria sir Malcolm de s'asseoir sur une banquette et prit place à ses côtés, si bien qu'il sentit la chaleur de son corps contre le sien et fut vite environné d'une subtile odeur de jasmin.

– Je sais combien mon cher Terence vous tenait en grande estime. C'était un homme si bon. Malgré les tâches écrasantes qui étaient les siennes, il demeurait toujours disponible pour tout un chacun. Son décès me laisse en plein désarroi. Mais, au fait, pourquoi vous a-t-il invité ?

– My lady, votre mari m'avait attiré ici en me promettant un livre que je recherche depuis des années. Mais j'avoue que les circonstances ne nous ont pas permis d'en reparler.

– Donc, si je comprends bien, vous n'êtes pas venu en tant qu'enquêteur de Scotland Yard !

– Absolument pas.

– N'est-ce pas curieux ? Depuis votre arrivée, la petite Mary Upton a été assassinée et mon mari est décédé. Était-ce, de votre part, une sorte de prémonition ?

– À moins que lord Terence n'ait soupçonné qu'un grave événement devait avoir lieu, mais dans ce cas il aurait dû franchement m'en avertir au lieu de m'inviter sous un faux prétexte.

– Bah, fit-elle en se levant, j'ignore ce qu'il avait en tête. Prenons plutôt le thé, voulez-vous ?

Elle tira sur un cordon et se rassit en disant :

– Ne soyez pas étonné que je vous reçoive dans ce lieu. C'est la pièce de cette immense baraque que je préfère. Elle me rappelle ma jeunesse.

– Les Fous de Cheyne Walk, je suppose…

– Pas seulement. Le théâtre ! Surtout le théâtre ! J'aurais pu y faire une grande carrière, et puis le destin a voulu qu'il en aille autrement. Remarquez que je ne regrette rien. Ma vie avec Terence a été merveilleuse.

– Il vous a choyée.

– C'était un chou ! Je ne trouve pas d'autre mot. À propos, connaissez-vous les résultats de l'autopsie ? De quoi est-il mort exactement ?

– My lady, je crains de vous apporter une mauvaise nouvelle. Lord Terence n'est pas décédé de mort naturelle.

Elle se dressa d'un bond.

– Qu'est-ce que vous dites ? Ah, j'en étais sûre ! Il s'est suicidé, n'est-ce pas ?

– À moins qu'on ne l'ait assassiné.

Elle parut stupéfaite durant un bref instant, puis ses yeux se révulsèrent, son corps tourna lentement sur lui-même et s'affaissa tout doucement.

Chapitre 25

Morgan, portant un large plateau de thé bien garni, arriva opportunément pour aider sir Malcolm à relever lady Karen et à l'étendre sur le divan qui se trouvait au fond de la pièce.

– Oh, que je suis sotte ! Ne vous inquiétez pas ! Ce sont mes nerfs. Archibald, soyez gentil, servez-nous le thé et laissez-nous.

– Bien, my lady... Mais puis-je me permettre...

– Non, non, ça va. Ne vous permettez pas. Tout va bien. Ah, sir Malcolm, pardonnez-moi. C'est cette chaleur, les événements... Je vais me lever. Là, voyez, je suis debout, comme une grande fille.

Son chignon s'était dénoué. Elle avança avec précaution vers la petite table sur laquelle Morgan venait de déposer le plateau. Avait-elle eu vraiment un malaise ou cachait-elle ses véritables sentiments en simulant un évanouissement ? Si c'était elle qui avait empoisonné le lord, elle jouait la surprise avec un aplomb étonnant.

– My lady, n'aviez-vous jamais pensé que lord Terence pouvait avoir été...

– Ne prononcez plus ce mot, je vous en prie ! Qui aurait voulu faire du mal à un homme pareil ? La police française se trompe et voilà tout !

Elle refit rapidement son chignon sans même se regarder dans le miroir.

– My lady, dit Ivory en servant le thé, j'aimerais vous poser quelques questions, si toutefois votre santé le permet.

– Faites, je vous en prie. Mon mal de tête va passer. Pour une fois que nous avons le Yard à notre disposition, profitons-en ! Les policiers français ne sont que des rustauds.

– Lorsque, tout à l'heure, je vous ai annoncé que votre mari était mort empoisonné, vous avez tout de suite pensé au suicide. Pourquoi donc ?

– Ma réaction était ridicule. Ce n'était pas du tout son genre, et puis il attendait le notaire pour le lendemain...

– Saviez-vous qu'il avait demandé à son médecin une pilule afin d'abréger sa vie au cas où il ne pourrait plus supporter ses souffrances ?

– Nous avions décidé d'un commun accord de ne pas parler de ce cancer. Je ne voulais pas le tourmenter avec ça, et lui préférait ne pas m'inquiéter avec tous ces détails plutôt pénibles.

– Je comprends. C'est souvent une entente sage pour ne pas trop perturber les derniers mois d'un couple. Vous étiez un couple très uni, n'est-ce pas ?

Elle essuya une larme.

– Je lui devais tout, murmura-t-elle.

– Comment l'avez-vous connu ?

– Je jouais *Mirmidon, le chat volant*, une pièce délicieuse pour enfants. Il faut dire que j'avais moi-même seize ans. Bref, ma mère connaissait une dame qui fréquentait les Hamilton. De fil en aiguille, cette dame m'a fait rencontrer Terence qui, paraît-il, m'avait vu jouer. Ce fut le coup de foudre immédiat. Pourtant, il avait près de quinze ans de plus que moi, mais qu'importe la différence d'âge lorsque l'on sent palpiter en soi les appels de l'amour ?

– Cette dame n'était-elle pas Andrea Pendleton ? demanda sir Malcolm.

Lady Karen demeura bouche bée un instant, puis se reprit très vite.

– Ah, celle-là ! Oui, en effet, il me semble que c'était elle, mais peu importe ! Vous avez vu ce qu'elle est devenue ? Une loque ! Et sa peinture… si on peut appeler ça de la peinture ! Il n'y avait que Terence pour trouver du style à ces gribouillis infâmes. En fait, elle n'a jamais été qu'une pique-assiette et je peux vous garantir qu'elle ne fera pas de vieux os dans cette maison ; désormais, je suis maîtresse chez moi ! C'est comme ce minus de Tycoon ! Ouste ! Du balai !

– Il y a peu, votre mari a offert à Andrea une montre-bracelet de prix !

Elle prit un coockie et le considéra comme si elle n'en avait jamais vu.

– Terence, par certains côtés, était un utopiste. D'ailleurs, pour lui, un tel cadeau n'était qu'une babiole.

– Ne le lui avait-il pas offert pour s'excuser du massacre d'un certain tableau ?

En rejetant la tête en arrière, elle partit d'un grand rire :

– Une saleté sans importance !

– Savez-vous que le kriss malais que vous aviez utilisé a servi pour poignarder Mary Upton ?

Cette fois, son rire se figea. Un véritable cri sortit de ses lèvres.

– Quoi ? Qu'est-ce que vous dites ?

– La police l'a retrouvé dans la chambre de votre époux. Il portait des traces de sang qui, sans conteste, appartenait à la jeune fille.

– Pourquoi ne m'a-t-on rien dit ? C'est infâme ! Quelqu'un veut me faire porter le chapeau ! Sir, je vous l'assure, je n'ai rien à voir avec ce meurtre !

– Comment vous entendiez-vous avec Mary ?

– Comme on peut s'entendre avec une secrétaire, mais je l'aimais bien. Elle m'accompagnait parfois pour faire le tour des magasins. C'est un de mes dadas. Les robes ! Les chaussures ! Évidemment, Deauville n'est ni Londres ni Paris, mais pour une petite ville, surtout à partir du mois de mai, il y a de quoi dépenser ! Je suis une vraie femme, vous savez...

– Je n'en doute pas. Ah, je voulais vous demander... Votre mari avait souscrit une assurance-vie à votre nom. Cent mille livres, c'est une somme !

– Quel mari dans la situation du mien n'aurait pas agi de même ?

– Dites-moi, my lady, quels étaient les rapports de lord Terence et de Mary Upton ?

– Mon mari aurait fait copain-copain avec un sourd-muet. C'est tout dire !

– Mais encore ? N'existait-il pas un soupçon de flirt entre lui et Mary ?

– Vous voulez rire ! Il avait soixante-quinze ans ! Et elle, c'était une petite gourde, une pucelle qui aurait poussé de hauts cris si on avait seulement osé lui toucher le petit doigt !

– D'après ce que je sais, Robert, votre fils, en a fait la rude expérience...

Elle s'étonna.

– Quelle expérience ?

– Le soir de l'anniversaire du lord, il a tenté de l'embrasser et elle l'a giflé, expliqua Ivory.

Elle haussa les épaules.

– Celui qui vous a raconté ça est un idiot ! Mon Robert ne se serait jamais intéressé à une petite secrétaire de rien du tout ! Vous savez, je le connais mieux que quiconque.

– Alors vous allez m'expliquer pourquoi il passe toutes ses nuits à s'enivrer au point que vous êtes obligée d'aller le rechercher !

Elle accusa le coup, prit le temps de boire sa tasse de thé et répondit :

– Il faut bien que jeunesse se passe, non ? Et puis, c'est faux, il ne fréquente pas toutes les nuits les bars de Deauville !

– Il se rend surtout au *Normandy*.

– Et alors ? C'est un endroit chic.

Sir Malcolm changea de sujet. Il n'arriverait à rien, pour l'instant, en s'attardant sur Robert, que lady Karen semblait décidée à défendre bec et ongles.

– Parlez-moi un peu de M. Sticker, je vous prie.

– Leonard ? Une vieille connaissance ! Un ami très cher ! C'était le conseiller financier de mon mari et je compte sur lui pour me guider dans l'avenir. Terence nous laisse non seulement une grande fortune, mais surtout des sociétés en pleine expansion. Les Anglais adorent la Côte fleurie et recherchent des villas pour leurs vieux jours. Pourrais-je m'occuper seule de telles affaires ? Je n'y suis pas du tout préparée.

– Croyez-vous que M. Sticker aura le même talent que votre mari pour investir, rénover et revendre ?

– Sans aucun doute ! Ils ont travaillé ensemble depuis si longtemps que Leonard a les rênes bien en main. Je vous le répète, j'ai toute confiance en lui.

– Revenons, si vous le voulez bien, au nouveau testament que lord Terence souhaitait signer le jour de sa disparition. Pourquoi voulait-il diminuer la part de son fils et la mettre sous votre tutelle ?

Elle parut peser le pour et le contre, puis se décida :

– J'aurais préféré ne pas en parler, mais vous l'auriez su de toute façon. Robert est un joueur invétéré. Nous avons appris, il y a une semaine, qu'il s'est engagé pour des sommes colossales au casino de Deauville. D'où la colère et la décision de Terence.

– Décision que vous approuviez !

– Je ne pensais pas que Terence l'annoncerait de façon si… si spectaculaire. Ah, sir Malcolm, comprenez-moi, tous ces événements me pèsent. La mort soudaine de mon mari. Le caractère difficile de mon fils. Toutes ces responsabilités qui m'échoient désormais.

Les larmes lui montèrent aux yeux. Qui n'aurait été fasciné par la détresse qui semblait sourdre de ce visage admirable ? Elle posa une main sur le bras de sir Malcolm et, d'une voix de soprano, s'écria :

– Sir, il faut que vous trouviez le véritable meurtrier de mon mari ! Je vous paierai la somme que vous voudrez, mais, je vous en prie, aidez-moi ! La terre se dérobe sous mes pas !

Ivory pensa que la dernière phrase était peut-être de trop pour que cet appel à l'aide soit entièrement sincère.

Chapitre 26

*E*n sortant du boudoir de lady Karen (puisqu'elle appelait cette loge un boudoir), sir Malcolm tomba sur Archibald Morgan qui, visiblement, écoutait derrière la porte. Loin d'être gêné d'avoir été surpris, le majordome s'écria :

– Ah, sir ! C'est justement vous que je désirais voir !

– Et pourquoi donc ?

– J'ai besoin d'aide. M. Tycoon est descendu tout à l'heure dans la cave à vins. Il doit avoir abusé des bouteilles qui y sont gardées, car il chante à tue-tête des airs obscènes et déclame des poèmes sans queue ni tête !

Ils descendirent au rez-de-chaussée, puis empruntèrent un petit escalier qui les mena dans un vaste espace voûté où des centaines de bouteilles poussiéreuses reposaient sur des étagères. Tycoon, assis sur le sol, un jéroboam entre les jambes, entonnait une chanson de corps de garde à faire frémir un dragon. Le faire remonter jusqu'à sa chambre ne fut pas une mince affaire. Il se débattait comme un diable, prétendant qu'on le soustrayait au paradis terrestre pour le mener à l'abattoir, et autres calembredaines de la même eau.

Lorsqu'on l'eut étendu sur son lit, il sembla se calmer un peu et cessa de s'agiter. En revanche, il commença de s'adresser d'une voix pâteuse à Ivory, comme s'il était lord Terence.

– Eh, Hamilton ! Tout le reste de ta vie, hic ! et de la mienne. Tu l'as promis. Cochon qui s'en dédit ! Parce qu'Alice, hein, Alice, mon Alice à moi, hic ! toi tu t'en foutais, hein, de la mettre enceinte ! Tu t'en foutais ! Belle gueule que t'étais ! Et le fric ! Des monceaux de fric ! Alors, hic ! évidemment, Alice, mon Alice à moi, avec sa petite robe à carreaux et ses gambettes, ses couettes, enfin bref, Hamilton, c'était pas bien et tu l'as fait quand même ! Et Alice, pan ! Dans le mille ! Et tu m'as dit, oh, je m'en souviens, tu m'as dit, hic ! voilà, écoute, tu es mon frère, mon frère tu as dit. Combien tu veux pour la fermer ? Mais pour Alice, mon Alice à moi, c'était trop tard. Morte la mouche ! Hic ! Parce que ce n'était pas la tienne ni celle de personne, et je le jure, hein, mon salaud ! C'étaient les gants blancs de la misère. Hic ! Qu'est-ce qu'on y peut maintenant, hein, Hamilton ? Qu'est-ce qu'on y peut ?

– Il n'est pas bien, dit Morgan. Dois-je appeler le médecin ?

– Non, fit sir Malcolm. Il va finir par s'endormir.

Et il pensait : tout ce que Tycoon raconte dans son délire est bien intéressant. Qui était cette Alice ? Le jeune Hamilton l'avait-il mise enceinte après l'avoir ravie à l'amour de Tycoon, et, ensuite, se serait-elle suicidée ? Cette triste affaire qui devait remonter à l'époque des Fous de Cheyne Walk n'expliquait-elle pas l'étrange lien qui unissait les deux hommes ? Tycoon faisait-il chanter Hamilton ? Ou, plus simplement, pris de remords, lord Terence n'avait-il pas décidé de son plein gré de subventionner à jamais le poète ?

Après avoir marmonné durant quelques instants, Tycoon entra dans un sommeil profond. Sir Malcolm en profita pour le quitter et descendre au rez-de-chaussée où, introduits par Morgan, la commissaire Duvalier venait d'arriver en compagnie d'un inspecteur en civil et de deux gendarmes en tenue.

– Malcolm, j'ai un mandat d'arrêt contre Robert Hamilton. Nous le suspectons d'avoir empoisonné son père afin de l'empêcher de signer un nouveau testament qui l'aurait gravement désavantagé.

– Je crains, commissaire, que vous ne fassiez erreur, riposta Ivory. Connaissait-il seulement l'existence de la fameuse pilule ?

– Le lord avait dû lui en parler.

– Ça m'étonnerait. Je crois qu'Hamilton n'avait aucune confiance en son fils. Il n'allait tout de même pas mettre sa vie entre ses mains ! En outre, durant la nuit où lord Terence a été empoisonné, Robert gisait dans sa chambre, victime d'un profond sommeil éthylique, je peux moi-même en témoigner.

La commissaire se tourna vers le majordome.

– Monsieur, veuillez demander à Robert Hamilton de venir nous rejoindre immédiatement. De toute façon, nous allons l'interroger.

Tandis que Morgan s'éloignait, elle demanda :

– Qui d'autre que lui pouvait souhaiter la mort du lord ? Le nouveau testament que son père allait signer le lendemain le déshéritait pratiquement.

Sir Malcolm ne répondit pas. Il avait en main des cartes que la jeune femme ignorait. Néanmoins, pour l'heure, il ne s'agissait pas de preuves mais de soupçons qui lentement s'emboîtaient les uns dans les autres, jusqu'à former un ensemble cohérent.

Enfin, Robert apparut. Il semblait dans un état normal, mais les traits de son visage témoignaient d'une immense fatigue.

– Vous désiriez me parler ?

Liliane Duvalier prit l'entretien en main.

– Asseyons-nous, voulez-vous ? Monsieur, de fortes présomptions pèsent contre vous. J'ai en poche un mandat d'amener à votre nom. Veuillez donc noter que tout ce que vous pourrez dire à partir de maintenant pourrait se retourner contre vous. Désirez-vous la présence d'un avocat ?

Il ouvrit de grands yeux étonnés.

– Pour quoi faire ?

– Nous vous suspectons d'avoir mis volontairement fin à la vie de lord Terence Hamilton, votre père.

Il se mit à rire.

– Vous plaisantez ?

– Monsieur, nous ne sommes pas là pour perdre notre temps. Si vous ne nous répondez pas avec sérieux, nous continuerons cet interrogatoire au commissariat. Est-ce bien compris ?

– Comme vous voulez. Je n'ai rien à me reprocher.

– Même pas d'avoir accumulé des dettes de jeu ?

Il hocha la tête.

– Ce n'est pas parce que j'ai de la poisse au jeu que j'ai tué mon père !

– Justement si ! Vous aviez besoin d'argent. De beaucoup d'argent ! Et voilà que votre père vous ôtait le moyen d'accéder à sa fortune !

– Oh, fit-il, je reconnais que sa décision m'a profondément heurté. Mais c'est son argent. Il en fait ce qu'il veut. D'ailleurs, avec ma mère, les choses se seraient arrangées.

– Comment ça ?

– Elle m'aurait donné l'argent dont j'aurais eu besoin.

– Peut-être pas pour le dépenser en pure perte !

Il se referma.

– Pensez ce que vous voudrez. Je n'ai pas tué mon père, voilà tout.

La commissaire se pencha en avant et demanda brutalement :

– Et la pilule mortelle ?

– Qu'est-ce que c'est ?

– Ne jouez pas avec nous ! Monsieur Hamilton, vous avez fait absorber à votre père une certaine pilule qui, vous le saviez, allait le tuer !

Robert parut complètement stupéfait par cette assertion. Il bégaya :

– Mais... Mais ça n'a pas de sens ! Je n'ai jamais donné le moindre médicament à mon père ! Nous n'avions pas des rapports si intimes... Moi, donner une pilule à mon père ! Je suppose qu'il devait prendre ses médicaments lui-même !

La commissaire se tourna vers sir Malcolm :

– Auriez-vous une question à poser à ce suspect ? demanda-t-elle.

– Volontiers, dit Ivory. Monsieur Robert, lorsque nous nous sommes rencontrés, l'autre nuit, au bar de l'hôtel *Normandy*, vous avez souhaité qu'en rentrant à Villers-sur-Mer nous nous arrêtions devant les planches. Vous en souvenez-vous ?

– Vaguement. J'étais ivre.

– Vous vous êtes approché du lieu où la secrétaire de votre père est morte et vous avez déclaré : « C'est là que la charmante Mary Upton a été lâchement assassinée. »

– C'est possible, mais je ne m'en souviens pas.

– Comment saviez-vous que c'était à cet endroit précis que le corps de Mary avait été retrouvé ?

– Tout le monde en avait parlé. Mais…

Il sembla qu'une image revenait brusquement à sa mémoire. Il se gratta le cuir chevelu et lança :

– Attendez ! C'est très vague. Oui, c'est ça. J'avais reconnu son Austin. J'ai voulu la rejoindre. Elle était là. Une apparition merveilleuse. Et puis… Non, j'étais trop saoul. Je voulais… Mais, je vous le jure, je ne l'ai même pas touchée ! Ce n'est pas moi qui l'ai tuée !

– Rassurez-vous, dit sir Malcolm, personne n'a jamais assassiné Mary Upton.

Robert le regarda sans comprendre.

– Essayez de bien vous souvenir, reprit doucement Ivory. Vous êtes à côté de la serviette-éponge étendue sur le sable. Mary sort du bain et revient vers vous. Elle est nue.

– Oui, elle est… Enfin, presque nue.

– Elle vous voit et prend peur. Elle vous demande de vous en aller, mais vous demeurez là, comme pétrifié.

– Elle pousse un cri ! Oui, je l'entends ! Un cri affreux ! Mais que se passe-t-il ? Je ne comprends pas. Elle va tomber. Elle tombe ! Là, elle est tombée. Qu'est-ce qui s'est passé ? Sir, dites-moi ce qui s'est passé !

Chapitre 27

Finalement, la police avait laissé Robert Hamilton en liberté, tout en lui demandant de ne pas quitter la région. Sir Malcolm, peu avant le dîner, avait reçu un coup de téléphone du superintendant Forbes au sujet de Leonard Sticker. Cette conversation avait incité Ivory à rencontrer le banquier. Il le trouva dans le parc, assis sur un banc, en train d'étudier le cours de la bourse dans le *Financial Times*.

– Ah, monsieur Sticker, je vois que vous surveillez les cours !

– En effet. Nous passons par un moment plutôt dépressif. Les États-Unis sont trop endettés et la courbe du chômage ne cesse d'y monter. Ce n'est pas bon.

Sir Malcolm s'assit à ses côtés.

– Mais la banque Birdsley dont vous êtes le directeur se porte bien, n'est-ce pas ?

– Je ne me plains pas.

– Tiens ! s'écria l'aristocrate. Je croyais avoir entendu dire que vous traversiez une zone de turbulences...

– Oh, c'est beaucoup dire ! Il ne faut pas se fier aux rumeurs !

– Ces rumeurs viennent directement de la Banque d'Angleterre !

Sticker se dressa d'un bond et, pointant un doigt rageur vers sir Malcolm, s'écria :

– Ah, vous ! Je vous interdis !

– Allons, monsieur Sticker, rasseyez-vous. Les faits sont les faits. Et, de toute manière, la situation de votre banque ne m'intéresse pas directement.

Le gros homme reprit place sur le banc. Certes, il faisait encore chaud, mais la température ne pouvait pas expliquer les fines gouttes de sueur qui, brusquement, étaient apparues sur son front.

– En fait, j'enquête plutôt sur le décès de lord Terence.

– Ah ? Et pourquoi donc ? Il s'agit d'une mort naturelle, non ? Il souffrait d'un cancer généralisé. Le Ciel a voulu qu'il parte dans son sommeil, et c'est mieux comme ça.

– Et c'est donc vous qui devenez l'exécuteur testamentaire d'une fortune évaluée à... À combien, selon vous, monsieur Sticker ?

– C'est difficile à dire comme ça. Deux cents millions de livres, peut-être...

– Ah, s'étonna sir Malcolm, je croyais qu'il s'agissait de plus du double !

Sticker se racla la gorge, visiblement gêné.

– Peut-être pas le double... Il faudra faire les comptes.

– N'était-ce pas vous le conseiller financier du lord ?

– Si, bien sûr, mais il y a des biens immobiliers, des titres, des bijoux ; bref, il faut du temps pour évaluer l'ensemble.

Ivory, voyant que l'autre s'empêtrait dans ses explications, changea de sujet.

– Est-ce vous qui avez conseillé à lord Terence de modifier son testament ?

– Nous en avons discuté. En fait, il redoutait, à juste titre, les frasques de son fils. Robert est un puits sans fond, une tête de linotte. Il aurait tout dépensé au casino.

– Et maintenant il va pouvoir le faire. Quarante pour cent de six cents millions de livres, c'est une somme !

– D'où sortez-vous un chiffre pareil ? s'étonna Sticker.

– La Banque d'Angleterre est mieux renseignée que la Birdsley, semble-t-il...

– Robert n'aura jamais accès à sa fortune ! Nous le lui interdirons ! lança le banquier d'une voix rageuse.

– Qui est-ce nous ?

– Lady Karen et moi, évidemment.

– Et comment ferez-vous pour le lui interdire ?

– Il sera déclaré inapte ! Vous voyez bien comment il est ! Un ivrogne ! Un taré ! Il suffira de mentionner ses dettes de jeu.

– Je vois, fit sir Malcolm. Peut-être même parviendrez-vous à le faire interner dans un asile psychiatrique…

– Oui, pourquoi pas ? Nous n'y avions pas pensé, mais en effet. Ce garçon est un nuisible. Entre vous et moi, sir, que pensez-vous de son rôle dans l'assassinat de la jeune Upton ? Je ne voudrais pas lui enfoncer la tête sous l'eau, mais un crime est un crime. La nuit du meurtre, lorsque lady Karen a achevé de lacérer le tableau d'Andrea Pendleton, elle a laissé sur une table l'espèce de poignard qui lui avait servi.

– Et alors ?

– J'ai vu de mes propres yeux Robert s'en emparer. N'est-ce pas cette arme que l'on a retrouvée ? Sa lame n'était-elle pas maculée du sang de la pauvre enfant ?

– Donc, pour vous, cela ne fait aucun doute : l'assassin de Mary est Robert.

– Oh, je ne voudrais accuser personne, mais mon devoir est de témoigner.

– Certes, monsieur Sticker, et puisque nous en sommes aux confidences, dites-moi ce que vous pensez de lady Karen.

– C'est une fort jolie personne, mais que voulez-vous ? L'intelligence n'a pas suivi !

– En possession d'une telle fortune, comment va-t-elle pouvoir réagir ? On ne gère pas une fortune en claquant des doigts. Heureusement que vous êtes là !

– Je la conseillerai de mon mieux. Vous savez, j'ai longtemps travaillé avec Hamilton. C'est une affaire qui roule. Il suffira de continuer.

– Et Mary Upton, comment la jugiez-vous ?

– Une gamine sans cervelle... Elle se croyait capable de mettre son nez dans la comptabilité, mais elle était tout juste bonne à retenir des places de ferry-boat et à accompagner lady Karen dans sa tournée des magasins.

– Parlez-moi d'Andrea Pendleton...

– Une folle ! Hamilton lui trouvait du génie alors qu'elle n'avait aucun talent. D'ailleurs j'ai trouvé indécent le cadeau qu'il lui a fait. Un bracelet-montre de ce prix ! Mais il était comme ça.

– Ne le faisait-elle pas chanter ?

Le banquier demeura interdit devant cette soudaine question.

– Il ne m'en a jamais parlé. En revanche, je me suis toujours demandé pourquoi il attachait une telle importance à ce déchet de Tycoon ! Il faudra que ces parasites quittent la place, et au plus vite !

– Est-ce aussi l'avis de lady Karen ?

– Évidemment ! Je vais vous dire mon sentiment : lord Terence était trop bon.

– Vous offrait-il des pièces de monnaie anciennes ? demanda soudain sir Malcolm.

– Heu, oui, parfois.

– De grande valeur ?

– Plus ou moins.

– Faisait-il ainsi des cadeaux à tous ses proches ? À Mary Upton, par exemple ?

– Oh, ce n'était qu'une employée ! s'indigna Sticker.

– Néanmoins, peut-être lui avait-il offert son Austin ?

Le gros homme fit une moue dubitative.

– J'en serais surpris.

– Vous l'avez sûrement essayée, cette voiture…

Il s'emporta.

– Sachez, sir, que je ne suis jamais monté dans la voiture de cette petite grue !

– Elle était pourtant mignonne…

– Je n'ai plus l'âge de ces fariboles !

– Vous préférez vous consacrer à la numismatique.

– En effet.

– Et collectionner les pièces de 100 francs Napoléon or de 1866 marquées de la lettre B. C'est bien ça ?

– Une rareté ! J'en suis fier !

Sir Malcolm se leva comme pour prendre congé et déclara :

– Monsieur, si vous étiez vraiment numismate, vous sauriez que la pièce rarissime n'est pas celle que vous prétendez posséder et qui est relativement banale, mais la 100 francs or de 1870 marquée A ! Sa production a été refondue avant distribution dans toute son intégralité !

Sur ce, il s'éloigna, laissant Sticker déconfit.

Chapitre 28

Ce soir-là, sir Malcolm retrouva la commissaire Duvalier dans un restaurant de style anglais situé près de l'hippodrome, le Yearling. Tout ici était dédié à la gloire de la race chevaline : photographies de pur-sang aux murs et selleries suspendues. L'aristocrate se plaisait en compagnie de la jeune femme et il semblait que la présence d'un limier de Scotland Yard motivait l'ardeur de la Française.

Ils commandèrent des fruits de mer et, aussitôt, la conversation s'engagea sur l'affaire Hamilton.

– À présent, il paraît démontré que, sans le vouloir, Robert a provoqué la mort subite de Mary, commença la jeune femme. Qui a profité de cette situation pour venir planter le kriss malais dans le cœur du cadavre ? Et pourquoi l'a-t-on fait ? Pour que l'on accuse lady Karen, c'est évident. Mais alors, pour quelle raison est-on allé cacher l'arme souillée sous le lit du lord comme pour le faire accuser, lui ? C'est illogique.

– À moins que le porteur du kriss ait simplement changé d'idée en cours de route, ou qu'il veuille semer le trouble, objecta Ivory. Pour moi, le coup porté au cadavre est un rappel évident des coups portés au tableau.

– Voulez-vous dire qu'Andrea Pendleton aurait frappé le corps inanimé pour se venger, pensant que l'on croirait que lady Karen avait assassiné Mary ?

– C'est très possible. Le tout est de savoir comment elle a appris que Mary gisait sur le sable. Mais si nous réfléchissons un peu, nous constatons qu'une seule hypothèse cadre avec les faits. Contrairement à ce que nous a déclaré Morgan, il y a eu plusieurs allers et retours de voitures, cette nuit-là. D'abord l'Austin de Mary. Ensuite la Ford de Robert qui se rend au bar du *Normandy*. Puis la Cooper d'Andrea, qui va jouer quelques jetons au casino. Ces trois automobiles vont se garer les unes après les autres devant *Chez Gustin*. Robert reconnaît l'Austin et s'arrête. Un peu plus tard, Andrea repère les deux voitures. Elle se demande ce que les deux jeunes gens font là. Curieuse, elle se rend sur les lieux, voit le cadavre de Mary et Robert endormi non loin, en train de cuver ses whiskies. Sans doute pense-t-elle que le jeune homme a tué la jeune fille. Mais une autre idée traverse son esprit. Elle va utiliser les circonstances pour se venger de lady Karen. Elle repart pour Victoria Manor, s'empare du kriss que l'on a replacé sur le mur et revient sur les planches. À cette heure-là de la nuit, en semaine, il ne lui faut pas plus d'un quart d'heure pour effectuer ce va-et-vient. Elle a pris la précaution d'enfiler des gants. Elle s'agenouille à côté du cadavre et enfonce la lame à hauteur du cœur. Ce geste ne requiert aucun effort particulier. Et d'ailleurs, il explique la précision du coup. Puis Andrea se charge de Robert qui, nous le savons, est un poids plume, le dépose dans sa Ford et revient à Villiers-sur-Mer dans sa Cooper. Ainsi, lorsque le jeune Hamilton se réveillera au matin, il pensera s'être endormi au volant et regagnera Victoria Manor sans se poser plus de questions.

– Oui, admit Liliane, cette version semble se tenir. Reste le fait que la Pendelton aurait caché le kriss ensanglanté sous le lit du lord. À quel moment et pourquoi ?

– Vous souvenez-vous que lorsqu'au matin de la découverte de la mort de Hamilton, lady Karen a quitté la chambre mortuaire pour aller revêtir des habits de deuil, Andrea est entrée et s'est précipitée sur le lit ?

– En effet, je me souviens de cette scène un peu grotesque. Elle portait un invraisemblable déshabillé à ramages !

– Andrea a eu, à ce moment, le temps de jeter – je dis bien jeter et non cacher – le kriss sous le lit en nous faisant croire qu'elle était venue se recueillir auprès du corps. Elle pouvait très facilement dissimuler cette petite arme dans une manche de son déshabillé. Et pourquoi la jeter à cet endroit ? Parce que la police est dans la maison. Elle peut craindre que l'on se livre à une perquisition. Elle ne doit pas garder un pareil indice, qui l'accuserait. Certes, elle aurait préféré le cacher dans la suite de Karen. Seulement, avant l'annonce du décès, la lady y dormait, porte fermée à clé, et ensuite elle est retournée dans sa chambre se changer en prévision de l'arrivée du notaire. Andrea n'a pas eu le choix !

– Effectivement, admit la commissaire, elle a eu la possibilité d'agir comme vous le dites, et sous nos yeux !

– Deux leçons à en tirer, ma bonne amie : se méfier des gens qui jouent les arriérés, et toujours interdire l'accès de la scène du crime à toute personne étrangère !

– Je me souviendrai de la leçon, fit Liliane en riant. J'en apprends davantage avec vous qu'avec mes instructeurs !

– Que cela ne vous empêche pas de goûter à ce succulent homard. Voyez-vous, Liliane, plus je vais, plus je constate qu'il n'existe au monde que deux gastronomies dignes de ce nom : la française et la chinoise. L'origine de leur art culinaire tient ses racines de la paysannerie. Nous, pauvres Anglais qui sommes des marins, notre cuisine est née à fond de cale dans les saloirs et les marmites d'eau bouillie !

– Vous aimez beaucoup la Chine, n'est-ce pas ?

Il n'en fallait pas davantage pour que sir Malcolm se lance dans le récit de sa jeunesse, son long séjour à Pékin et à Shanghai, sa rencontre avec une jeune actrice d'opéra qui se nommait Petite Lune. Qu'était-elle devenue pendant la guerre ? Il ne s'était jamais marié, peut-être à cause de ce précieux souvenir ou peut-être parce qu'il n'avait jamais rencontré de femme qui lui plaise. Il se reprocha d'être trop cérébral, préférant les échecs aux jeux de l'amour. Mais était-ce si vrai ?

– Liliane, vous me confessez ! Vous feriez une redoutable psychanalyste !

Ils commandèrent un vacherin glacé et en revinrent à l'affaire.

– Reste que nous ignorons qui a empoisonné lord Terence… commenta la jeune femme.

– J'ai ma petite idée là-dessus, répondit sir Malcolm. Le tout est de savoir qui pouvait connaître l'existence de cette pilule, qui pouvait approcher de l'endroit discret où elle était rangée, et enfin qui pouvait amener Hamilton à la prendre à son insu.

– Lady Karen devait être au courant, je suppose.

– Ce n'est pas certain. Lorsque je l'ai interrogée à ce sujet, elle m'a répondu que lord Terence préférait ne pas lui parler de sa maladie, afin de ne pas l'effrayer. En revanche, celui qui était très certainement au courant, c'est Morgan ! Il garde sur une étagère de sa chambre une boîte qui a contenu une de ces pilules, mais elle est vide. Archibald a prétendu qu'il s'agissait d'un présent de Sa Seigneurie ! Vous parlez d'un cadeau ! Une boîte dont le couvercle représente un crâne et des tibias en sautoir !

La commissaire s'exclama :

– Pourquoi ne m'en avez-vous pas parlé ?

– Parce que vous l'auriez fait arrêter !

– C'est trop fort ! Le croyez-vous innocent ?

– Liliane, n'oubliez pas qu'Hamilton a acheté deux pilules au professeur Beltram. Deux pilules ! Deux boîtes ! L'une lui était réservée. L'autre devait être utilisée par quelqu'un d'autre, un malade de ses connaissances. Réfléchissons. Qui parmi les familiers de Victoria Manor est également atteint d'une maladie incurable ? Il serait tout à fait intéressant de le savoir.

La jeune femme en oublia de déguster son dessert et commanda coup sur coup deux tasses de café bien serré.

Chapitre 29

Durant une interminable journée, la police fouilla minutieusement Victoria Manor sans trouver la moindre trace d'une seconde boîte à pilules. Durant ce temps, la commissaire Duvalier convoqua Archibald Morgan au commissariat et, en présence de sir Malcolm, commença à l'interroger.

– Vous prétendez que sir Hamilton vous a offert cette boîte ?

– En effet.

– Quand était-ce ?

– La veille de son anniversaire.

– Et elle était vide ?

– Oui, madame.

– Étrange cadeau ! Et en quel honneur ?

– Sa Seigneurie était un homme très bon. Il avait ainsi des prévenances qui nous le faisaient admirer.

– Qui, « nous » ?

– Eh bien, tout le monde. Il était généreux avec tout le monde.

Sir Malcolm prit la parole.

– Morgan, je vous crois un homme profondément honnête. Néanmoins, je comprends que votre devoir de majordome repose sur la discrétion. Si, par exemple, lord Terence ou lady Karen vous avait demandé de garder le silence sur tel ou tel événement, vous penseriez devoir n'en jamais parler à quiconque.

– Tel est notre honneur, sir !

– Et je vous en félicite, mais la police n'est pas n'importe qui !

– Sans doute.

Le vieil homme remua la tête d'un air buté, ce qui décida Ivory à forcer le ton. Il s'approcha de Morgan et lui dit :

– Je comprends que devant une police étrangère vous manifestiez quelque réticence, mais rappelez-vous que je représente ici Scotland Yard ! Et maintenant, veuillez répondre, je vous prie. Pourquoi Sa Seigneurie vous a-t-elle confié cette boîte ?

Devant l'insistance de sir Malcolm, Morgan éclata brusquement en sanglots.

– Je ne peux pas ! Que Dieu me garde ! Je ne pourrai jamais !

L'aristocrate posa une main chaleureuse sur l'épaule du majordome et lui dit :

– Vous savez ce que contenait cette pilule, n'est-ce pas ?

Morgan se leva, le visage en larmes. Puis, en hoquetant, il parvint à murmurer :

– Sa Seigneurie l'a fait... Il l'a fait pour mon fils... mon pauvre fils !

Brusquement, sir Malcolm comprit le drame qui se jouait.

– Albert, votre fils, est malade, lui aussi, n'est-ce pas ?

Le vieil homme se laissa retomber sur sa chaise.

– C'était un cancer généralisé, sir. Il souffrait tellement ! Personne ne pouvait plus rien pour lui.

– Et Sa Seigneurie vous a donné cette pilule afin d'abréger ses souffrances.

– Que Dieu nous pardonne ! gémit Morgan.

Liliane était partagée entre la compassion et la stupeur. Elle demanda :

– Quand avez-vous donné cette pilule à votre fils ?

À travers ses sanglots, Archibald expliqua comme il le put :

– Je suis allé à Londres, à l'hôpital, la semaine dernière, pour la lui porter. Il m'a supplié, oui, supplié de garder la boîte en souvenir. Toujours, elle demeurera dans ma chambre comme un remords car, finalement, c'est moi qui ai tué mon Albert, un garçon que j'ai élevé moi-même. Un si brillant sujet ! Il avait même suivi l'université, il était entré à la Tate Gallery, vous vous rendez compte ? Quel horrible gâchis ! Mais que faire ?

– N'importe quel père aimant aurait agi comme vous l'avez fait, dit Ivory pour tenter de le réconforter.

Un inspecteur apporta un verre d'eau que Morgan but avec avidité. Peu à peu, il reprenait ses esprits.

– Vous saviez forcément que lord Terence possédait une autre pilule, pour lui, cette fois.

– Oui, sir. Lorsque je me suis confié à Sa Seigneurie au sujet de mon fils, il m'a révélé que lui aussi était atteint de ce terrible mal. C'est alors qu'il m'a parlé de cette possibilité. Il devait aller à Londres. Il m'a promis de faire le nécessaire et j'ai accepté.

– Cette sorte de médicament est extrêmement coûteuse, fit remarquer sir Malcolm.

– Oh, ce n'est pas moi qui aurais pu acquérir un tel produit !

– Et donc lord Terence vous l'a offert...

– Oui, sir, pour mon fils. Il l'aimait bien.

– Et savez-vous où il avait rangé sa propre boîte ? s'enquit la commissaire.

– Non. Je ne me serais pas permis de le lui demander.

Morgan, en confessant ces tragiques événements, semblait s'être libéré d'un grand poids.

Liliane pensa qu'il n'y avait pas lieu de le retenir au commissariat plus longtemps. La limousine le reconduisit jusqu'au manoir. En entrant dans le hall, Ivory déclara :

– Mon pauvre ami, je suppose qu'étant donné la maladie de votre fils et ce qui s'est passé ensuite, vous ne devez pas trouver facilement le sommeil...

– En effet, sir. Pour parvenir à dormir un peu, je suis obligé de prendre des somnifères, et je n'aime pas ça.

– C'est bien ce que je pensais, conclut sir Malcolm en le quittant.

Chapitre 30

*L*e matin suivant, sir Malcolm se rendit chez le concessionnaire Austin de Trouville et rencontra le patron, un certain Jean-Marie Hamel qui tint à lui faire savoir qu'il était l'arrière-petit-cousin de la mère du Camembert, la célèbre Marie. L'aristocrate déclara en être enchanté et lui demanda s'il se souvenait avoir vendu un de ses modèles d'occasion à Mary Upton.

– Oh, parfaitement ! Un bien joli brin de fille ! Mais n'est-ce pas elle dont on a parlé dans le journal ? On l'aurait retrouvée assassinée sur les planches. Est-ce que c'est vrai ?

– Pas exactement, fit Ivory. Néanmoins, j'aimerais savoir si c'est elle qui vous a réglé l'achat ?

Le garagiste rentra dans son bureau, feuilleta quelques papiers, sortit une facture qu'il montra en disant :

– C'est bien ce que je pensais. Elle a payé avec sa carte du Diners Club. À la fin du mois, tout a été réglé normalement. Je me souviens même qu'elle m'a dit : « Monsieur Hamel, ce sont toutes mes économies. Je souhaite visiter la Normandie et peut-être la Bretagne. » Ah, elle était vraiment adorable, cette fille-là ! Pour une Anglaise, elle n'était pas bégueule, mais pas olé-olé non plus, vous voyez ce que je veux dire, hein ?

– Était-ce chez vous qu'elle faisait faire les contrôles de son Austin ?

– Absolument ! Je le recommande toujours à ceux qui m'achètent une occasion. Il faut du suivi, vous comprenez…

– Et quand a-t-elle fait faire sa dernière vidange ?

Hamel compulsa un bloc-notes.

– Le 27 juin ! Tiens, j'y pense… À quelle date son… son accident lui est-il arrivé ?

– Le 29. Et est-ce vous qui vous êtes occupé du travail ?

– Non ! Moi, je surveille, je tiens la comptabilité. J'ai des ouvriers pour ça.

Il sortit du bureau et héla un mécanicien qui s'affairait sous une voiture.

– Hé, Bastien ! Est-ce que c'est toi qui t'es occupé de la dernière vidange de Mlle Upton ? Tu sais, la petite Anglaise !

– Oui, fit l'homme en se glissant hors de l'automobile. C'est pourquoi ?

Il portait une barbe épaisse, de grosses lunettes et tétait une pipe recourbée dont il tira une âcre fumée.

– En faisant la vidange, avez-vous nettoyé également l'intérieur du véhicule ? demanda sir Malcolm.

– Oui, m'sieur. On l' fait toujours.

– Et en travaillant, vous fumez toujours la pipe, à ce que je vois !

– Pourquoi pas ? Moi, ma bouffarde, c'est comme ma fille ! C'est interdit ?

– Non, rassurez-vous ! fit Ivory en riant. Mais, par hasard, en effectuant ce nettoyage, n'auriez-vous pas perdu une paire de lunettes à votre vue ?

Le sieur Hamel s'écria :

– Je parie que ce sont les miennes ! Des lunettes de soleil, c'est ça ? J'ai dû les laisser sur le siège après avoir fait le tour d'essai. Parce que, moi, j'essaie toujours la voiture quand les contrôles sont finis !

Plus tard, sir Malcolm retrouva la commissaire.

– Eh bien, voilà ! dit-il en riant. Comme quoi il ne faut pas échafauder des hypothèses sur des indices qui n'en sont pas !

– Qu'est-ce qui vous a donné l'idée d'aller interroger ce garagiste ?

– Mes petites méninges, ma bonne amie ! Si personne à Victoria Manor ne fume la pipe et si les verres des lunettes retrouvées sur la banquette ne correspondent à la vue d'aucun des familiers du lord, c'est forcément qu'un étranger s'est trouvé dans la voiture de Mary un jour ou deux avant sa mort. Un auto-stoppeur aurait pu faire l'affaire, mais ça ne me paraissait pas le genre d'une jeune fille aussi farouche. Restait le garage.

– Avouez que vous avez eu de la chance ! dit Liliane en riant.

– Ma chère, il faut savoir la provoquer ! Car à présent que cette histoire de pipe et de lunettes qui encombrait nos cerveaux a été résolue, nous allons pouvoir passer aux choses sérieuses. Je dois, pour ce faire, téléphoner au Yard, à mon vieil ami le superintendant Douglas Forbes. Je ne doute pas qu'il détienne la dernière pièce du puzzle qui nous manque.

– Peut-être, objecta Liliane, mais il n'empêche que nous n'avons toujours pas retrouvé la seconde boîte !

– Contrairement à ce que je pensais avant de recevoir la confession de Morgan, cette boîte n'est sans doute plus à Victoria Manor. Après avoir fait absorber la pilule à Hamilton, le meurtrier ou la meurtrière s'en sera débarrassé, vraisemblablement dans la Touque ou l'eau du port. C'est un réflexe normal.

– Vais-je devoir faire fouiller ces endroits par des plongeurs ? s'inquiéta la commissaire.

– Ce serait bien inutile. Vous ne trouveriez aucune empreinte sur un petit récipient aussi facile à nettoyer. En revanche, je vais vous demander de réunir tous nos suspects dans le grand salon de Victoria Manor. Demain après-midi vous conviendra-t-il ?

La commissaire fut étonnée.

– Connaîtriez-vous l'assassin de lord Terence ?

– C'est exact, mais il me manque une preuve vraiment déterminante. Je pense que Scotland Yard va me la fournir.

– Le Yard ? À Londres ? Comment est-ce possible ?

Sir Malcolm, par malice, se voulut sentencieux.

– Sachez, ma chère, que Scotland Yard a de longues oreilles !

Ils se mirent à rire tous les deux. Vraiment, cette jeune femme plaisait à Ivory ! Vraiment, ce gentleman anglais avait de quoi stupéfier un membre de la police française ! Mais ce qui se passa un peu plus tard dans le bureau de feu Hamilton aurait eu de quoi troubler Liliane davantage encore ! Sir Malcolm demeura seulement trois minutes au téléphone avec le superintendant Forbes.

Chapitre 31

*D*epuis le matin, le temps avait brusquement changé. La température avait baissé de dix degrés durant la nuit, si bien que chacun respirait plus à son aise. On avait ramené le corps de lord Hamilton vers 8 heures et la mise en bière avait eu lieu une heure plus tard en présence de lady Karen, de Leonard Sticker, d'Archibald Morgan et des inévitables Pendleton et Tycoon. Sir Malcolm avait tenu à y assister. Tout s'était passé avec beaucoup de dignité. Tout ce petit monde comprenait qu'avec cette cérémonie, une page se tournait. Personne ne sembla remarquer que Robert, le nouveau lord, n'avait pas daigné paraître, sans doute parce qu'il dormait encore.

Un lunch frugal fut pris dans la salle à manger. Le silence qui régna autour de la table était peut-être dû à la présence du cercueil exposé dans la véranda, mais plus sûrement à l'annonce de la réunion qui allait suivre. Sir Malcolm nota que Robert n'assista pas non plus au repas.

Les fruits n'eurent guère de succès. On passa dans le salon. Chacun retrouva son fauteuil habituel, mais alors que d'ordinaire on servait les liqueurs et que les conversations allaient bon train, on demeura là, figé et muet comme si un redoutable orage se préparait.

La commissaire Duvalier arriva vers 14 heures en compagnie d'un inspecteur. Ils allèrent s'asseoir sur des chaises que Morgan leur avança avec sa componction coutumière. Enfin, sir Malcolm apparut. Il était en jaquette noire et en pantalon rayé.

– Qu'est-ce que cela signifie ? demanda la maîtresse de maison qui, pour l'occasion, avait revêtu un habit de deuil – il ne lui manquait que le voile !

– Oui, surenchérit Sticker, ne croyez-vous pas indécente une réunion de police le jour où le corps de notre cher ami nous est rendu ?

– *Sic transit gloria mundi* ! récita Tycoon avec emphase.

La commissaire prit la parole :

– Mesdames et messieurs, cette réunion a pour but d'élucider les raisons du décès tragique de lord Terence Hamilton, et de désigner la personne qui, volontairement, lui donna la mort au moyen d'un poison virulent destiné à l'euthanasie des grands malades en fin de vie.

– Est-ce légal ? jeta le banquier avec impatience.

– Évidemment non, rétorqua la commissaire, mais la question ne se pose pas, puisqu'il s'agit ici d'un meurtre.

– Pardonnez-moi, dit encore le gros homme, mais où est Robert Hamilton ? Je ne le vois pas dans l'assemblée.

– Je vais vous le révéler, reprit Liliane Duvalier d'un ton ferme. En attendant, monsieur Sticker, je vous demanderai de bien vouloir rester assis. En fait, monsieur Hamilton junior a été arrêté par les soins de mes services, hier soir à l'embarquement de Ouistreham pour Portsmouth.

Un brouhaha s'éleva dans le salon.

– Eh bien, le voilà, votre coupable ! s'écria le banquier en se dressant une fois encore.

Sir Malcolm prit alors la parole :

– Monsieur Sticker, vous semblez oublier que vous êtes l'un de nos plus évidents suspects !

– Qu'est-ce que ça veut dire ? grogna le banquier

– Cela veut dire que vous êtes ici celui qui avait le plus d'intérêt au décès de lord Terence ! Votre établissement est en pleine déconfiture. Le fait de devenir l'exécuteur testamentaire des biens Hamilton vous donne un sérieux appel d'air, d'autant que votre part n'est pas négligeable. De plus, en jouant ce rôle, vous pensiez bien gérer les sociétés à votre guise et circonvenir lady Karen qui, de votre propre aveu, n'y connaît pas grand-chose. Quant à Robert, vous l'auriez proprement écarté en arguant son incapacité. Bref, monsieur, vous étiez l'assassin tout désigné.

– C'est trop fort ! s'exclama l'intéressé.

– Seulement, reprit Ivory, je doute que le lord vous ait jamais parlé de cette fameuse pilule, et surtout de l'endroit où il l'avait cachée dans l'attente du jour où il en aurait eu besoin.

Sir Malcolm se tourna vers lady Karen.

– En revanche, my lady, vous, vous auriez pu savoir où votre mari avait placé la petite boîte contenant cette pilule.

Elle éclata d'un rire forcé de comédienne dans une mauvaise pièce.

– Vous voulez plaisanter ! J'ignorais tout de votre boîte et de votre pilule ! Terence me considérait avec assez de respect pour ne pas m'inquiéter avec des histoires pareilles ! Votre supposition est d'un goût douteux !

– Peut-être ! Il n'empêche que vous auriez pu ourdir ce meurtre en compagnie de votre ami Sticker !

– De plus en plus risible ! s'esclaffa lady Karen. Pour qui me prenez-vous, pour venir m'insulter jusque dans mon salon ? Leonard est, certes, un ami de famille, le brillant conseiller de mon époux, mais de là à coucher avec lui ! C'est bien ce que vous osez suggérer, n'est-ce pas ? Mais sachez, mon petit monsieur, que si d'aventure il me prenait quelque envie de ce genre, je n'aurais qu'à ouvrir les bras pour qu'accourent tous les beaux jeunes gens de Normandie ! Me croyez-vous décrépite ? Laissez ça à Andrea !

L'artiste peintre monta aussitôt au créneau.

– Vous et vos fesses, vous commencez à nous emmerder ! Qui a poignardé cette pauvre Mary Upton ? Vous étiez jalouse d'elle parce que votre Terence vous menaçait de lui donner une part de sa fortune !

– Risible ! s'écria lady Karen en haussant les épaules. Quant à mon fils, j'aimerais tout de même savoir ce qui s'est passé ! Commissaire, pouvez-vous me l'expliquer ?

– Certainement, madame, répondit Liliane. Un mandat à comparaître a été adressé à chacun de vous. Dès ce moment, votre manoir a été surveillé. Or, dès que votre fils a reçu ce papier, il a sauté dans sa voiture et a filé vers Ouistreham où nous l'avons rattrapé.

– Mais pourquoi a-t-il fait ça ? s'interrogea lady Karen, visiblement surprise.

Sir Malcolm prit la parole :

– Tout simplement parce qu'il a pris peur ! Il s'est cru accusé du meurtre de Mary, puis de l'empoisonnement de son père. En sus, le casino venait de déposer une plainte. Pour un esprit brouillé par l'alcool, il y avait de quoi perdre... comment dites-vous en français ?

– Perdre les pédales, acheva la commissaire.

– Perdre son sang-froid, rectifia Ivory qui n'aimait guère les expressions populaires.

– Mais, rassurez-vous, madame, poursuivit Liliane, Robert sera admis dès ce soir à l'hôpital principal de Caen. Il bénéficiera d'une cure de désintoxication au frais de l'État. Quant à la plainte du casino de Deauville, il vous suffira de régler les dettes que votre fils a contractées, et elle sera retirée sans poursuite. La direction des jeux m'a fait savoir qu'étant donné votre réputation, les choses en resteront là. Toutefois, bien entendu, votre fils n'aura plus accès à aucun casino de la Côte fleurie.

– Hé, fit remarquer Tycoon d'un ton aigre-doux, comme tout devient facile quand on s'appelle Hamilton !

– J'espère que votre hôpital le gardera longtemps ! mugit Sticker.

Sir Malcolm sortit de la poche ventrale de son gilet l'inhalateur que lui avait offert le parfumeur Creed et en parfuma chacune de ses narines, après quoi il reprit :

– My lady, la police française et moi-même avons, en effet, pensé durant un certain temps que vous aviez quelque raison de vous associer avec monsieur Sticker pour commettre ce meurtre sur la personne de votre mari. Néanmoins, d'autres faits vinrent nous alerter dans une tout autre direction.

– Je serais curieuse de savoir laquelle ! lança Andrea Pendleton. Tenteriez-vous de disculper les vrais coupables ?

– Madame, lui répondit sèchement Ivory, vous semblez oublier que c'est vous, et personne d'autre, qui avez poignardé Mary Upton !

– Il faudrait le prouver ! D'ailleurs, elle était déjà morte !

– Comment le savez-vous ?

– Mais... mais c'était évident ! se troubla la vieille dame. Elle avait les yeux vitreux, la bouche ouverte, et même le visage qui noircissait. Ah, ce n'était pas beau à voir !

Sir Malcolm s'approcha vivement d'elle.

– Madame, vous étiez la seule à savoir que Mary était morte d'une crise cardiaque avant d'avoir été poignardée ! Oui, vous étiez la seule à l'avoir vue morte, cette nuit-là ! Votre description du corps est vraiment réaliste ! Personne d'autre que vous ne connaissait la vérité. La police s'est bien gardée d'en parler !

– Et Robert ? clama-t-elle en se levant.

– Il était tellement ivre qu'il a vécu ce moment comme un cauchemar ! Mais vous, vous avez voulu profiter de cette mort pour faire croire que c'était lady Karen la meurtrière ! Vous êtes allée chercher le kriss à Victoria Manor et vous êtes revenue poignarder le cadavre ! Vous aviez prévu de disposer l'arme dans le manoir afin que la police la retrouve facilement !

Andrea Pendleton pointa un doigt furieux sur lady Hamilton :

– Cette femme est un démon ! Les astres la puniront, la réduiront en poussière ! Attendez que l'apocalypse survienne et vous verrez !

– Madame, dit la commissaire, je vous arrête pour manipulation de preuves sur un corps sans vie et pour tentative de dénonciation fallacieuse sur la personne de lady Karen ! Néanmoins, pour les besoins de l'enquête, je vous demande de rester assise où vous êtes en attendant l'issue de ces interrogatoires !

– Peuh ! lança Andrea. C'était bien la peine que j'essaie de rhabiller la petite ! Sa nudité était des plus incorrectes, vous comprenez…

Chapitre 32

– Tout a commencé il y a de nombreuses années, dit sir Malcolm, à l'époque où devait s'épanouir une jeunesse bohème plutôt débridée, partagée entre les chaleureux élans d'une pseudo-révolution et un goût morbide de la décadence : les fameuses années des Fous de Cheyne Walk ! Certains d'entre vous formaient une petite communauté, vivant dans la rue ou dans des taudis de rencontre. Je veux parler de vous, Andrea Pendleton, de vous, Apolonius Tycoon, mais aussi d'autres artistes ou poètes qui étaient vos amis.

– Nous étions libres ! s'écria la portraitiste d'une voix vibrante, comme si elle eut chanté le *Viva la liberta* du *Don Juan* de Mozart.

– En effet, poursuivit Ivory, et si libres que les couples se formaient et se séparaient avec désinvolture. L'amour libre, n'est-ce pas ? Bref, un beau jour, le futur lord Terence vous a rejoints. Vous aviez une réputation sulfureuse, ce qui lui a plu. Pourtant, il n'était plus tout jeune. À trente ans, il mijotait tristement dans une adolescence attardée. C'est qu'il avait surtout vécu jusque-là sous la férule de sa famille, des aristocrates très victoriens, corsetés dans des principes plutôt surannés. D'un coup, il a eu l'impression de découvrir sa véritable destinée. L'art, les artistes, l'existence sans contrainte ! Vous l'avez accepté d'autant plus aisément que, fortuné comme il l'était, il payait pour tout le monde !

– C'était un chic type, reconnut Tycoon.

– Si chic qu'il acheta un vaste atelier à Tite Street où vous prîtes vos quartiers. N'était-ce pas épatant ! Vous pouviez y peindre, y écrire, y cuisiner et y dormir, vous qui jusqu'alors n'aviez connu que la promiscuité. Votre fraternité avec Hamilton était telle qu'il s'est mis à partager votre vie quotidienne, tombant amoureux, en particulier, d'une certaine Alice, jeune peintre très douée qui avait dix-sept ans. Eh oui, il aimait les jeunes filles ! C'était ainsi.

Tycoon se dressa comme un diable.

– Elle était à moi ! Il savait que nous étions amoureux l'un de l'autre. Un amour d'anges !

– Terence l'a séduite, poursuivit sir Malcolm. Il l'a mise enceinte, puis il l'a quittée pour une autre, et cette autre se nommait Karen Ward !

– Et ma chère Alice s'est suicidée, murmura le poète, les larmes aux yeux. Voilà comment les choses se sont passées. Ce n'était pas un gars bien en ce temps-là.

– La liberté lui était montée à la tête, résuma l'aristocrate. Mais, et c'est ce que j'ai appris récemment grâce au Yard, cette Alice avait un nom, un nom qui explique beaucoup de choses ! Elle s'appelait Pendleton ! Tout comme vous, Andrea ! Elle était votre sœur cadette !

Andrea avoua :

– Terence l'avait amenée à se donner la mort. Alice, ma petite sœur, était une fille si merveilleuse, si sensible…

– C'est alors que vous avez décidé, vous et Tycoon, de lui faire payer chèrement son tragique comportement. Et il a été forcé d'accepter. C'était une forme subtile de chantage car, si vous l'aviez dénoncé, ç'aurait été un terrible scandale ! Et, de toute façon, Terence n'était pas fier de lui. Il traînait sa honte comme un boulet. Il lui semblait qu'en vous offrant des cadeaux, en vous acceptant dans son luxueux entourage, il compensait un peu l'injustice dont il s'était montré coupable. Et, bien entendu, vous en avez profité tant que vous avez pu ! Vous, Andrea, en vous faisant offrir ces bijoux dont vous raffolez et en emménageant aux frais d'Hamilton dans un splendide atelier de location sur King's Road. Vous, Apolonius, en lui vendant des plaquettes de poèmes dont aucun éditeur n'aurait voulu et en recevant des prix littéraires présidés par le lord lui-même. Oserez-vous me contredire ?

– Non, dit Andrea avec une espèce de fierté, car, en agissant ainsi, nous n'avons fait que notre devoir de mémoire envers Alice !

– Exactement, confirma Tycoon. « Une vie disparaît à jamais et ceux qui demeurent prennent place autour de la table. » C'est de Shelley.

– Non, rectifia Ivory, c'est de William Blake. Mais peu importe ! Je vous vois mal tuer la poule aux œufs d'or. Terence mort, vous pouvez faire vos bagages, et vous le savez bien. Ni lady Karen, ni Sticker ne vous garderont en grande estime.

– Je ferai un procès pour récupérer les bijoux que ces aigrefins m'ont volés ! Parce que le chantage est un crime, n'est-ce pas, commissaire ? glapit lady Karen hors d'elle-même.

– Plus de bourses ni de prix littéraires, señor Tycoon ! ajouta le banquier avec un visible bonheur.

– Hé ! cria Andrea, cessez de nous prendre de haut ! Vous avez largement profité de notre Terence, il me semble ! Il était à nous tous ! À égalité ! Quant à vous, la Karen, bas les masques ! Un peu de pudeur ! Vous n'êtes pas née de la cuisse de Jupiter mais plutôt de la fesse d'un rat !

– Et, en plus, elle jouait au théâtre comme un balai-brosse ! crut bon d'ajouter Tycoon.

Sentant que la tempête commençait à monter, Sir Malcolm s'empressa de réclamer le silence et reprit :

– Un homme peut beaucoup se transformer durant toute une vie. Ç'a été le cas de lord Terence. Qui aurait reconnu en l'homme généreux et rompu aux affaires le jeune homme dépensier et sans scrupules de jadis ?

– Je sais qu'il lui arrivait d'aller se recueillir sur la tombe d'Alice dans le petit cimetière de Dulwich, annonça lady Karen. Cette triste histoire avait laissé en lui une profonde blessure. Mais, sir Malcolm, tout cela ne nous dit toujours pas qui a empoisonné mon mari !

– Nous y venons, répondit Ivory. Auparavant, je tenais à ce que le rôle de chacun soit bien remis à sa vraie place. Tant de mensonges et de non-dits avaient voilé la réalité des faits !

Il s'approcha d'Archibald Morgan qui, debout près de la porte du salon, avait écouté en silence et en toute discrétion, comme l'exigeait sa fonction.

– Et vous, mon ami, qu'en pensez-vous ?

Le vieil homme parut sortir d'un ailleurs dans lequel il se serait égaré.

– Que monsieur veuille bien m'excuser, mais je ne comprends pas ce à quoi monsieur veut faire allusion.

– Eh bien, je vais vous éclairer, Morgan. Vous avez perdu votre épouse il y a une trentaine d'années.

– C'est exact, monsieur.

– Il s'agissait d'un accident de voiture.

– Pas exactement, monsieur. Mon épouse marchait sur le trottoir et une automobile est venue la percuter à grande vitesse.

– Le conducteur avait perdu le contrôle de son véhicule.

– Oui, monsieur. Cette personne était ivre.

– Je vois. Et votre épouse a été tuée sur le coup.

– Hélas, non, monsieur ! Elle a horriblement souffert pendant plusieurs semaines et, finalement, elle est décédée de ses multiples blessures. Que Dieu la garde !

On entendit la grosse voix de Leonard Sticker :

– Nous compatissons, mais, sir Malcolm, à quoi rime cette intervention ?

Ivory fit comme s'il n'avait pas entendu et poursuivit :

– Morgan, ce décès tragique vous a beaucoup marqué, n'est-ce pas ? D'autant plus que la défunte vous laissait un petit garçon que vous avez dû élever seul. C'est bien cela ?

– Comme j'ai eu l'honneur de vous le dire, monsieur.

– Et je dois constater que vous l'avez élevé de façon tout à fait remarquable. Vous avez réussi à le mener jusqu'à l'université où il se montra d'ailleurs très brillant. Mais, dites-moi, Morgan, chacun sait qu'Eton est un établissement privé et que les frais de scolarité y sont très élevés. Pouviez-vous les assumer avec vos appointements de majordome ?

– Certainement pas, monsieur.

– Alors, expliquez-nous comment vous avez fait pour y parvenir…

À ce moment, lady Karen prit la parole :

– Sir Malcolm, cessez de torturer ce malheureux ! C'est mon mari qui a payé les frais d'étude d'Albert Morgan.

– Décidément, dit Ivory, lord Terence était la Providence incarnée !

– Sa Seigneurie était la bonté même, ânonna le majordome.

Sir Malcolm revint au centre du salon. Les spectateurs de cet étrange dialogue le regardaient comme un magicien qui va brandir un lapin hors de son chapeau.

– Mesdames et messieurs, je regrette le côté quelque peu théâtral de mon intervention, mais les informations que j'ai reçues hier soir de Scotland Yard sont précises. La voiture qui a tué Mme Jane Morgan, l'épouse de notre ami ici présent, était conduite par lord Terence Hamilton !

Chapitre 33

La commissaire Duvalier n'en croyait pas ses oreilles et, surtout, se demandait où sir Malcolm voulait en venir.

– Eh oui, mesdames et messieurs, poursuivit Ivory, vous êtes tous des rescapés de la jeunesse turbulente de lord Terence ! En vous conservant à ses côtés ou en vous abreuvant de cadeaux, il croyait apaiser le remords qui, au vrai, ne cessait guère de le torturer. Et donc, Morgan, vous avez vous aussi profité des largesses de Sa Seigneurie, et pour la bonne cause, puisqu'il s'agissait de l'éducation d'Albert, votre fils unique. À noter, pour ceux qui l'ignoreraient, qu'à la sortie de l'université, ce brillant sujet a été admis à la Tate Gallery où il aurait certainement gravi tous les échelons jusqu'au sommet. Hélas, l'homme propose, le destin dispose... Albert a contracté une maladie qui s'est rapidement révélée incurable.

– Où voulez-vous en venir ? demanda le banquier de son ton irascible habituel.

– Je veux vous mener à l'assassin de lord Hamilton. Car d'après les raisonnements qui précèdent, aucun d'entre vous n'avait intérêt à sa disparition, sauf M. Sticker et peut-être lady Karen, mais ils ignoraient où trouver la trop fameuse boîte à pilules. La police française, elle-même, l'a cherchée, a fouillé minutieusement Victoria Manor, et ne l'a pas découverte. Pourquoi ?

Sir Malcolm fit une pause comme s'il attendait une réponse à sa question, puis il poursuivit :

– Réfléchissons un peu. « Lorsqu'un homme sait qu'il va bientôt mourir, il abandonne le pays étranger où il se trouve et regagne sa patrie pour y quitter ce monde. » C'est une phrase de Virginia Woolf et elle est très juste. Lord Terence n'aurait pas absorbé en France la pilule mortelle, mais en Angleterre, et plus précisément dans son appartement de Londres, appartement, soit dit en passant, qui appartenait à ses parents et où il a passé son enfance. Et c'est là, effectivement, que Scotland Yard a trouvé hier la fameuse petite boîte, dans le coffre-fort mural de sa chambre.

À ce moment, on vit Archibald Morgan se précipiter vers la porte, mais deux gendarmes étaient en faction de l'autre côté. Ils l'arrêtèrent et le ramenèrent au centre du salon, à la stupéfaction de l'assistance.

– Eh oui, dit sir Malcolm, j'ai mis un certain temps à comprendre. C'est cette histoire de boîte à pilules qui m'égarait. Je croyais, en effet, que Morgan avait utilisé la pilule que lui avait donnée le lord afin d'aider Albert à mettre fin à ses jours. Or, c'est justement ce que Morgan voulait nous faire croire ! En fait, il a utilisé la pilule destinée à son fils pour tuer Hamilton !

– Il faudra le prouver ! cria le majordome. Pourquoi aurais-je voulu tuer mon bienfaiteur ?

– Parce que, contrairement aux apparences, vous le haïssiez. Il avait tué votre épouse, une femme que vous adoriez. De ce fait, il vous avait obligé à vous sacrifier pour élever seul votre enfant, et – comble de l'ironie ! – il vous avait engagé comme domestique, vous amenant à devoir supporter sa présence à longueur de temps, lui que vous considériez comme un assassin ! Le lord avait cru se racheter en vous embauchant avec un confortable salaire, mais cela ne suffisait pas ! Il a fallu qu'il paye les études à Eton pendant cinq ans ! Accordons-lui cela : il l'a fait avec son habituelle générosité.

– Avec tout son argent, il pouvait le faire ! Qu'est-ce que ça lui coûtait ? fit Morgan d'un ton hargneux.

– Mais voilà que s'annonce une catastrophe : Albert est atteint d'un cancer foudroyant ! Vous apprenez qu'en deux ou trois mois il va mourir.

Vous vous en ouvrez à Hamilton qui vous parle de son propre cas et vous offre une pilule fatale, comme celle qu'il possède déjà. C'est alors qu'une terrible idée traverse votre esprit. Lorsque Albert sera mort, votre propre existence perdra tout son sens. Non seulement vous n'aurez plus besoin du lord, mais vous le tiendrez définitivement à votre merci. Vous lui ferez absorber le poison qu'il vous avait offert pour abréger les souffrances de votre fils.

– C'est faux ! se défendit Morgan. J'ai porté cette pilule à l'hôpital londonien où mon pauvre enfant achevait sa vie, et je la lui ai donnée ! Quant à l'autre pilule, celle du lord, j'ignorais où elle se trouvait !

– En effet, Albert est décédé le 20 juin à l'hôpital Saint-James, à la suite d'atroces souffrances, comme l'ont confirmé médecins et infirmières. Morgan, pour assouvir votre haine, vous avez préféré laisser mourir votre fils dans les conditions les plus pénibles.

– Mais non ! hurla Morgan en se débattant entre les mains des gendarmes qui le maintenaient. Lady Karen, défendez-moi !

On vit alors la veuve du lord se lever et déclarer :

– Les gestes habituels les plus simples finissent par se fondre dans la mémoire sans que nous leur prêtions la moindre attention. Chaque soir, Morgan portait à Terence un verre de lait chaud, alors que mon mari venait de se mettre au lit. Je me souviens que le soir où il nous avait annoncé son intention de modifier son testament, il était assez éprouvé et a demandé qu'avec le lait, Morgan lui apporte un sédatif. Serait-ce à ce moment que Morgan lui a donné cette horrible pilule ?

– N'en doutez pas ! fit Ivory. Comment lord Terence se serait-il méfié ? Il était persuadé que Morgan avait donné la pilule à Albert et il savait que la sienne se trouvait enfermée dans son coffre personnel à Londres ! Oh, c'était un tour de passe-passe très habile, d'autant que Morgan avait gardé la boîte vide et l'avait placée bien en évidence dans sa chambre pour témoigner du fait qu'Albert avait pris la pilule !

– C'est absurde ! s'entêta le majordome. La vérité est que Sa Seigneurie s'est elle-même donnée la mort ! Et j'en ai la preuve !

– Quelle preuve ? demanda sir Malcolm.

Morgan exigea que les gendarmes desserrent leur étreinte, puis il chercha dans son portefeuille et en sortit un papier plié en quatre.

– Sa Seigneurie m'avait confié cette attestation au cas où, justement, la police accuserait à tort un innocent. Tenez, commissaire, veuillez lire ce que lord Hamilton a écrit ici de sa propre main !

Liliane Duvalier prit le message et le lut en silence, après quoi elle regarda Ivory d'un air consterné.

– Qu'est-il écrit ? demanda lady Karen.

– Veuillez lire ce document à haute voix, je vous prie, dit Morgan. Il me disculpe totalement !

La commissaire jeta un dernier regard vers sir Malcolm, puis commença à lire :

– « Je soussigné Lord Terence Hamilton reconnaît avoir tué Mary Upton qui m'avait repoussé. C'est pourquoi j'ai mis fin à mes jours en utilisant une pilule dont le double se trouve en lieu sûr et pourra servir de témoin. Je demande pardon si j'ai causé de la peine et compte sur sir Malcolm Ivory pour qu'il fasse respecter tous mes engagements. Que Dieu veille sur vous tous et daigne me pardonner. »

Un certain froid descendit d'un coup sur l'assemblée.

Chapitre 34

L'instant de stupeur passé, sir Malcolm se mit à rire aux éclats.

– C'est un faux ! s'écria-t-il enfin. La preuve en est que Mary Upton est décédée d'une crise cardiaque et que personne ne l'a assassinée, avec ou sans kriss malais ! En outre, lord Terence n'aurait jamais parlé d'une seconde pilule placée en lieu sûr puisqu'il était persuadé que Morgan l'avait utilisée pour aider son fils à mourir ! Quant à cette écriture, elle a beau ressembler à celle d'Hamilton, elle est trop parfaite et me rappelle les petits mots qu'une certaine Andrea Pendleton aimait glisser sous la porte de ma chambre !

Ce nouveau retournement mit la portraitiste en colère. Elle fulminait.

– Oh, vous ! La lune noire finira bien par vous emporter !

– J'ignore, répondit Ivory, ce que les astres feront de ma personne, mais je peux vous prédire ce que la police va faire de vous dans les minutes qui vont suivre.

– Et quoi donc ? brava-t-elle.

– Cette fois, elle va vous arrêter pour duperie dans l'exercice d'une enquête et pour faux en écriture. Et je comprends pourquoi vous avez acceptée d'être de mèche avec Morgan ! Lorsque nous déjeunions ensemble à Honfleur, vous m'avez parlé de l'assurance-vie que le lord avait souscrite au profit de son épouse. Vous en étiez assez fâchée ! Or, si Hamilton s'était suicidé, l'assurance n'aurait pas versé un sou à sa veuve ! En toute bonne logique, lorsque Morgan vous a demandé d'imiter l'écriture du lord, vous ne vous êtes posé aucune question ! Vous vous êtes précipitée ! Qui sait si le testament ne serait pas lui-même remis en question ? Un bon tour à jouer à celle que vous appeliez la « théâtreuse » et que vous haïssiez depuis que, parmi les Fous de Cheyne Walk, c'était elle qui avait gagné le pompon !

– Elle avait toujours tout gagné et elle nous méprisait ! s'emporta Andrea dans un accès de rage qui déformait ses traits. N'est-ce pas sa faute si ma sœur Alice a été poussée au suicide ? Et, je le sais, à peine Terence enterré, elle nous jettera dehors comme des malpropres !

– Ça, vous pouvez en être certaine ! s'écria lady Karen.

On emmena Pendleton et Morgan, tandis que les autres se dispersaient en silence. La commissaire vint vers sir Malcolm et lui dit :

– Les méthodes du Yard sont peut-être curieuses, mais elles ont le mérite d'être efficaces !

– Oh, répondit Ivory, je n'ai aucun mérite. Mes petites méninges ont été vivifiées par le bon air de Normandie et par cet excellent médicament qu'est la pomme ! Voulez-vous que ce soir nous allions fêter la conclusion de cette enquête en quelque endroit merveilleux ?

Le visage de Liliane rosit de plaisir.

– L'endroit le plus merveilleux de tous, fit-elle, est la petite ville où je suis née. Pourrais-je vous la faire connaître ? L'auberge n'est pas d'un grand luxe, mais on y mange bien mieux et avec davantage de naturel que dans un restaurant réputé.

– Et comment se nomme ce paradis ?

– Caudebec ! On en parlait déjà au XIe siècle ! Hélas, la guerre a presque tout brûlé. Enfant, je n'ai connu que les reconstructions, l'église Notre-Dame, qui est restée debout, et le mascaret.

– Qu'est-ce donc ?

– Lors des grandes marées d'automne, un rouleau écumeux venant de l'océan remonte la Seine à la vitesse d'un cheval au galop. Nous aimions nous tenir sur la rive pour être éclaboussés par la vague. J'étais très intrépide, à cet âge-là !

À ce moment, Leonard Sticker s'approcha.

– J'ai bien cru, un moment, que vous alliez m'accuser et me faire interner ! Mais, dites-moi, cette pièce de 100 francs Napoléon or de 1870, vous croyez qu'il en existe encore ?

– Une vingtaine, oui, à travers le monde. Pourquoi ? Voudriez-vous en acheter ?

– Non, non ! Il se trouve que Terence m'en avait offert une il y a quelques années ; mais je l'ai revendue pour rien du tout à un aigrefin ! Incroyable, non ?

– Comme quoi, en numismatique comme en criminalité, il faut savoir se documenter, repartit Ivory en riant.

Le gros homme fit la moue et s'éloigna en maugréant.

– Quand je pense qu'avec cette seule pièce j'aurais pu sauver ma banque !

Lady Karen s'avança. Sir Malcolm ne put s'empêcher de l'admirer. Non, ce n'était pas qu'un mannequin ou une comédienne. Cette femme insolite avait vraiment le port d'une reine.

– Sir, accepteriez-vous de passer quelques jours sur mon yacht ? demanda-t-elle avec un irrésistible sourire.

– My lady, fit Ivory en s'inclinant, ce serait certainement pour moi un grand honneur et une promesse de délicat plaisir, mais il se trouve que je suis déjà retenu.

– Eh bien tant pis ! Je trouverai bien quelque beau jeune homme pour accompagner ma solitude ! Et pour l'heure, si vous le permettez, je vais vous quitter pour aller savourer un cocktail bien frappé dans la piscine. Au revoir !

Elle fit un petit signe de la main. Son bras avait l'élégance d'un cou de cygne. Puis, alors qu'elle allait quitter le salon, elle se retourna.

– Ah, j'allais oublier ! Terence avait préparé pour vous un petit paquet. Vous le trouverez à côté de son cercueil. Ainsi, vous pourrez imaginer que c'est lui-même qui vous l'offre !

Il s'agissait d'un exemplaire rarissime de la *Divine Comédie* avec un autographe de Dante Alighieri dédicaçant son ouvrage au prince Portinari. Un petit mot accompagnait le livre, de la main du lord, cette fois :

« Cher ami, je sais que Morgan ne m'a jamais pardonné la mort tragique de son épouse. Tant que son fils était en vie et que je pouvais lui être utile, je n'avais rien à craindre de sa haine. Son Albert tant aimé vient de mourir. Tout peut donc m'arriver. J'accepterai ce verdict comme il lui plaira de le décider. Sans miséricorde, seule la mort peut venger la mort. Vous seul, j'en suis certain, pourrez démêler la vérité du mensonge que ma légèreté d'autrefois a fini par provoquer. Tenez

Karen, mon épouse, à l'abri des accusations injustifiées. Et dites à mon fils que je ne pouvais pas mieux lui témoigner mon amour qu'en l'empêchant de courir à sa perte. Votre lord Terence Hamilton, pair d'Angleterre par la grâce de Sa Majesté. »

Le lendemain, Ivory et Liliane assistèrent à la levée de corps de Mary Upton. Ses parents s'étaient déplacés. Ces braves gens savaient que le cours de la maladie de leur fille était irréversible, sauf si une coûteuse opération à cœur ouvert parvenait à remédier aux fatales déficiences. Hamilton s'était spontanément proposé à régler les frais de cette intervention, mais, par pudeur, Mary avait refusé. L'annonce de son décès avait profondément mortifié le lord qui se reprochait de n'avoir pas suffisamment insisté auprès de la jeune fille.

Assez bouleversés par cette cérémonie, Liliane et sir Malcolm empruntèrent la limousine conduite par le valeureux Wen Chang et allèrent déjeuner à l'auberge du Val-au-Cesne, non loin de Caudebec, ce qui les réconforta. Enfin, le soir, ils se rendirent au Mont-Saint-Michel où ils eurent tout loisir d'admirer la Merveille. L'aristocrate y retrouva ses souvenirs d'enfant, lorsqu'il gravissait les marches qui mènent au sommet. De là-haut, on voyait l'océan, le ciel, les mouettes, spectacle serein après les turbulences de la vie.

Un poème français revint à la mémoire d'Ivory. Doucement, il récita : « Ô récompense après une pensée qu'un long regard sur le calme des dieux. » Liliane, soudain frileuse, se serra alors contre lui.

Cet ouvrage a été imprimé par la
SOCIÉTÉ NOUVELLE FIRMIN-DIDOT
Mesnil-sur-l'Estrée
pour le compte des Éditions du Rocher
en janvier 2005

Éditions du Rocher
28, rue Comte-Félix-Gastaldi
Monaco

Imprimé en France

Dépôt légal : février 2005
CNE Section commerce et industrie Monaco : 19023
N° d'impression : 71960